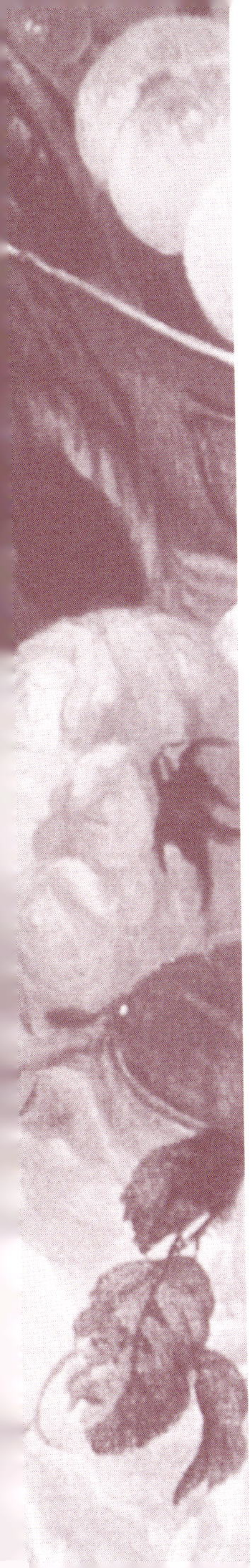

呪われた愛

ロサリオ・フェレ
訳・松本楚子

現代企画室

呪われた愛

プエルトリコのガウティエルとモレル、
そしてコロンビアのアンヘルとマルタへ

それは燃えるように熱い氷、凍りついた火
痛み、しかし感じない傷
夢のなかの幸福、現実の不幸
ひどく疲れるつかの間の休息

—フランシスコ・ケベド

海が愉しげに波を揺らして
貝殻から奪いとった真珠
雪のように白いおまえの岸辺の
白い泡のなかでまどろむ鷺

—ホセ・ガウティエル・ベニーテス

目次

『呪われた愛』執筆メモ

私はこの小説の題名を、誰よりも多作だった一九世紀のわが国の作曲家、ファン・モレル・カンポスの舞踏曲から借用した。小説のなかで扱うさまざまな葛藤の端緒が、まさに同世紀にあるからだ。現在、プエルトリコはおよそ六百万の人口を擁する国であり、このうち三百万人は国内に、あとの三百万人は海外に居住している。国から出ることができずに苦しい生活を送る人々は、自分たちの頭のなかにしか存在しない島を夢見る。国から離れて住む人々はいつの日か故郷へ帰ることを、あるいはニューヨークのアップタウンとサンファンのダウンタウンを行ったり来たりして暮らすことを夢見ながら死んでいく。イースタンやパンナムの飛行機が上空を飛ぶ、あの恐怖のノーマンズランドの住人たちだ。天国が近くにありすぎる、それこそがプエルトリコ人の悲劇である。いつでも帰れるという偽りの幻想を抱いてしまうからだ。モレルが歌に託した天国はほんとうに存在するのだろうか？　あるいはかつて存在したのだろうか？　この小説において私が取り組んだのはこの問題である。これは私たちの国民としてのアイデンティティにかかわる問題だと私は思っている。

『呪われた愛』はなによりもまず郷土小説のパロディを意図して書かれた。アンドレス・ベジョ以来ほんの五十年ほど前まで、小説のなかで国民性という概念はラテンアメリカ文化という概念と同じように、自然と深く結びつけて捉えられていた。あるいは自然が投影された文学的イメージと結びつけて、と言うべきかもしれない。もしラテンアメリカ文学が、自然、より正確には国民性という概念を形成する象徴体系の表層に、その正統性の証としての神話を刻み込んできたのだとすれば、ラテンアメリカの民族的な概念もまた、自然、つまりラテンアメリカ諸国それぞれに固有の自然を通して、その正統性を獲得してきたと言ってよい。アルゼンチンの国民性を定義するにあたって、もっとも重要なのは、パンパ（大草原）の存在であり、ベネズエラではリャノ（平原）、コロンビアではジャングル、メキシコでは、パラモ（荒地）である。プエルトリコにも郷土小説はあった。エンリケ・ラゲレの『La llamarada（火炎）』（一九三五）だ。そこでは、地獄のようなサトウキビ畑の周辺に、プエルトリコの国民性が浮き彫りにされている。

後にパレス・マトスの詩において残酷なまでに風刺されることになる、広いベランダと、太綾織りのスーツに身を包んだ特権階級の人々の世界は、悲劇的にも失われてしまったプエルトリコのアイデンティティの「希望の星」として、ラゲレその他数多くの小説家によって取りあげられてきた。これらの小説には、農園制度における不公正に対する社会的批判と、大農園と農園主たちのロマンティックな生活の理想化――長期にわたって、一般庶民にとっての規範であり、模範でありつづけた理想の世界である――とが同居している。『呪われた愛』は、大農園のこうした歴史とその殿様然とした生活の幻影をなんらかの形でパロディ化し、権威や身分の拠り所であった神話を脱構築化する目的で書かれた。というのも、私たちの場合、現実的には、故郷（および私たちの社会）は、絶え間のない葛藤にさらされた、欠陥品でしかないからだ。ざっと振り返ってみても、たとえばレネ・マルケスの『La carreta（荷車）』や、ラゲレの『Solar Montoya y Cause sin río（ソラル・モントーヤと水のない川床）』、あるいはわが国のほとんどの近代詩のなかで描かれた、故郷すなわち製糖農園、コーヒー農園あるいはタバコ農園のロマンティックな生活への回帰というテーマは、現代世界にあっては、当初からすでに反動的であり、共感し得るものではなかった。二〇世紀前半のわが国の作家たちによって歌われ、神聖化された故郷の生活は、当時すでに過去のものとなっていた。二〇世紀初頭から一九五〇年まで、島は北米の影響下で急速に進行する工業化の嵐にさらされていたのである。

反語的にかくもふさわしい国名を持つ国が、歴史のなかで他に存在するだろうか。プエルトリコは一七世紀に金鉱が急速に枯渇してしまってからというもの、現在もそうであるとはいえないにしても、つねにアメリカでももっとも貧しい国々のうちのひとつだった。想像上の土地の豊かさと、実際あまりにも小さい国土（それは長さ一一〇マイル、幅三五マイルの長方形である）とが結びつき、過去においては数限りない詩のインスピレーションの源泉となった。地理的な形状をわが国の精神的な特質と結びつけた最初の詩人は、「汝のうちなるもの、すべてなまめかしく軽やかなり／優しく穏やかにして、人を喜びに誘う愛情に満てり／汝のうちなる魅力は／汝の外なる世界の、優しき思いに育てられしもの」と歌ったガウティエル・ベニーテスだ。以後私たちは、ホセ・ディエゴによって死人の胸にかける「ロケットのなかの緑色の紋章」にたとえられ、リョレンス・トレスには「青き海の胸に抱かれたエメラルド」と呼ばれた。小さくて、子供のようなたよりない優しさを持つ国民という私たちのイメージを、詩が強調したのである。それは「大洋のコーデリア」と題する詩を私たちに捧げてくれたガブリエラ・ミストラルが、短い滞在期間中に直感的に捉えたイメージだった。

もし、私たちの国名のなかで、「リコ〈豊かな〉」がはっきりと暗示する国土の想像上の「豊かさ」が、一九世紀および二〇世紀前半のプエルトリコのアイデンティティを規定するのに一役かっているとすれば、「プエルト〈港〉」は、現代における私たちのアイデンティティを確立するのに役立っている。言い換えれば、プエルトとリコのあいだにあるのは変化以外のなにものでもない。つまり、封建的な固定した農業社会から工業社会への変化だ。そして工業社会のアイデンティティは、変化、すなわち絶え間のない変貌と密接に結びついているのである。「プエルト」は不思議なことに、わが国の詩人たちの作品のなかでは無口である。プエルトリコのこの隠れた半身の本質を歌った詩人はほとんどいない。しかしそこにこそ、今日のプエルトリコのもっとも真正かつ偽りに満ちた特質があるのだ。

プエルトリコは伝統的に、合法的にせよ非合法的にせよ、門戸を叩きにやってくる無数の亡命者を受け入れてきた。一九世紀初頭から二〇世紀にかけて、独立戦争とゴメス将軍の大量虐殺から逃れてやってきたベネズエラ人、今なお、夜間にモナ海峡の荒海を手こぎボートで乗り切って、リンコンやアグアダから非合法的に上陸しようと試みるドミニカ人などだ。大陸の難民収容所から追われたハイチ人に対して、他のすべての国々が入国を拒否するなかで、プエルトリコだけは門戸を開放したし、五万人以上のキューバ人も革命から逃れて亡命してきた。しかし、最近のこうした移民たちにとって、この島は「米国へ渡る」まえに寄りかかるのに便利な、一種の待合室ないしは仮の祖国、大洋のなかの岩山でしかない。ベネズエラ人、ドミニカ人、ジャマイカ人、キューバ人たちは、この島で何年か、あるいはおそらく一世代は暮らす。しかし彼らはつねに、自分たちの旅の真の目的地である合州国に渡ることができる日を夢見ているのだ。

　これらの移民たちの存在によって、プエルトリコの個性としてすでに幾世紀もまえから刻みつけられてきた特質、つまり自分たちをひとつの政治的、社会的なまとまりとして意識することができない、という分裂的な性格はいっそう強くなった。過去においては、コルシカ、マヨルカ、カナリア諸島、アンダルシア、エストレマドゥラなどからの、またアフリカからの移民があり、その結果、社会は点々ばらばらなグループに分化。彼らは一七世紀を通じ、それぞれ異なった地域に住んだ。高地にはヒバロと呼ばれるスペイン人たちの子孫が、低地にはサトウキビ栽培の労役用に連れてこられた黒人が入植した。こうして社会的な分裂が生じ、それがまた深い文化的な分裂をも生みだすことになった。ようやく融合のきざしが見えはじめるのは、一八世紀、混血《ムラート》の人たちが中間層を形成するようになってからだ。プエルトリコの文化的な価値観の基礎は、この階層においてはじめて築かれるのだが、それがはっきりしはじめるのは一九世紀である。

　国民性を定義することが今日にいたるまでかくも鋭く問題とされる国は、ラテンアメリカ広しといえどもプエルトリコだけだろう。この国は絶えざる自己省察のうちでもがいている。そこには、自分たちはなんであり、またいかなるものであるのかという、スペインの一八九八年世代の文学者たちが抱いた強迫観念を想起させるものがある。私たちはラテンアメリカ人なのか、それとも北アメリカ人なのか、合州国のなかの一国なのか、自由な連合国なのか、それとも独立した国家なのか。核軍事基地なのか、あるいはふたつの文化の掛け橋なのか。カトリック両王の紋章の過越しの子羊なのか、それとも洗礼者聖ヨハネの金の子山羊なのか。水っぽい酒に浮かんだ紙製のカヌーなのか、カリブの海に迷い込んだジブラルタルの岩山なのか。ハンサムな雄鶏なのか、それとも南を指しながら北へ行けと指示し、北を指しながら南へ行けと指示する、目をまわした風見鶏なのか。政治の達人《ペリート》の天国なのか、はたまた言葉を話す子犬《ペリート》の天国なのか。私たちはハムレット・コンプレックスの持ち主なのである。しかし、私たちの個性の内奥には変化する力、つまり端から端、極から極へ勇気をもって飛び移ることができる能力がある。

土地は乏しい、しかし島には寛大な心と港がある。それは悲しい別れの、また幸せな歓迎の場である。入口であり、出口であり、窓枠であり、敷居であり、玄関であり、門であり、揚げ板であり、切手ほどの大きさの、小国コンプレックスに悩む国、みんながポケットに入れている写真みたいなものだ。港は豊かだが、海岸には恵まれない、つまりプエルトリコ（豊かな港）とコスタリカ（豊かな海岸）は似て非なる国というわけだ。あるいは南アメリカの注つきで、北アメリカに忠実な国とでもいおうか。しかしなにはともあれ、夢の天国の船着場であり、埠頭であり、停泊地なのである。伝説は混乱のもとだが、同時に勇気も与えてくれる。自分の国が現実に存在するのかどうか、あるいは仮想の世界では存在したことがあるのか、プエルトリコ人にはまったく確信が持てない。出ていこうとする移民にとって、祖国は決して完全な祖国とはなり得ないし、その理由を私たちは決して忘れることはできない。旅するカタツムリの国、自分の家を背負って世界に出ていく巡礼者、港が私たちをそう定義づけているのだ。

『呪われた愛』において、私は港《プエルト》におけるプエルトリコのこの変化について語るつもりである。それはプエルトリコのモダンあるいはポストモダンな国民性についての神話と呼べるものになるだろう。それゆえ、小説は製糖農園に始まり、すぐれて港町であるサンファアンで終わる。テクストには相反するさまざまな意見が登場する。弁護士で小説家のドン・エルメネヒルド・マルティネスは、グアマニの町のもっとも偉大な英雄政治家、ウバルディノ・デ・ラ・バジェの名声を町の人々に示したいと願っており、架空の首領の叙事詩《カウディジョ》をでっちあげる。ドン・エルメネヒルドが語るのは、失われた天国、不正や飢餓は存在しないことになっていた封建的な農業社会である「豊かな《プエルトリコ》」港の公式バージョンの物語である。一方、ドン・エルメネヒルドの小説中の女性三人、ティティナ、ドニャ・ラウラ、グロリアは、すべてが変化し、確固とした現実などは存在しないグアマニ港の歴史を語る。お墨つきの小説家の話に疑問を呈し、英雄的な首領神話に立ち向かうのは彼女たちだ。『呪われた愛』においては、とどのつまり文学、あるいは言語そのものが、権力をめぐる登場人物の争いの中核となっている。彼らが語ることはみなゴシップであり、嘘であり、言いたい放題の中傷であるが、しかもなおすべて真実なのである。

呪われた愛

グアマニ

その昔、わたくしたちグアマニ人は自分たちの国とこの谷間の土地を、とても誇りにしていました。毎日午後三時に周囲の切りたった赤茶色の岩山が泣きくずれて、お決まりの驟雨が襲ってくるころ、一日の労働はもう終わっていて、町のすみずみまで清められた通りの上空を、鳩の胸のような雲が流れていくのを、わたくしたちは崖の上からよく眺めたものです。グアマニの住民は自分たちの国を愛し、もちろん、そこがこの世で一番美しい国だと思っていました。

グアマニは島の西海岸の小高い丘の上にあって、麓には肥沃な平野が広がり、世界でも一、二を争う豊かな盆地となっていました。前世紀が終わるころ、わたくしたちの生活を支えていたのは、町の周辺にある十あまりの製糖工場で生産される砂糖でした。といってさとうきびだけに頼っていたわけではありません。畑にはあの税官吏ルソー氏が描いた素朴な楽園と同じように、紫色と黄金色のヤウティア芋、ビエケラやビノラ、ベレンブレが惜しげもなく実り、ゴンサロ・フェルナンデス・デ・オビエドが『インディアスの自然史』のなかで褒めちぎったあのバルバダが採れました。わたくしたちグアマニ人がバルバダでこしらえるクリーム入りの揚げドーナツ、それは口に入れるとふわっと溶け、その美味しさには思わず笑みがこぼれます。山芋のニャニゴ、ファラファンガ、ムスンバやトンブクトゥ、谷の中腹に、粗皮に包まれたマンモスの白い足でも耕すように、いそいそと植えつけた服喪中の王様の贅沢な食物の数々。白いユカやリラセア、ユクバとトゥバガ、ディアカナとヌバガ。わたくしたちは歌いながらその粉を捏ねてパンにし、霊験あらたかなあの香りでわたくしたちの家を包み込んだものです。有毒なユカ、スイシダ、ビオレタとトライドラ。かつてグアマニ人はスペイン人の暴虐から逃れるためにその絞り汁を飲んだのです。今では万が一のときのためにコバルト色の瓶に入れてたんすの奥にしまってあります。白色や赤い炎のような色をした芋のバタタ、こんがりと焼いてはちみつをつけて食べるアマランタ。緑色の剣のような、また赤紫の炎のような不思議なショウガは、媚薬としてみんなが欲しがり、島の人々が帆船の綱につかまって「神よわたしをペルーへ」と叫んでいた幾世紀ものあいだ、わたくしたちはその密輪で生きぬくことができたのです。黄色と緑色のバナナ、マファフォとマランゴ、オロノエスとプラタノエスは、誰にも文句のつけようがない食卓の帝王。あのとてつもない至福のピオノノや不実なモフォンゴ、トストンやエンパナダ、金のベールに包まれた色気たっぷりのモサラベの女王、アルカプリア。極楽の果実、パインとパン・デ・アスカル、グアマニ随一の女王ヤヤマとヤヤグアは、スペイン人が自分の国にはないという単純であからさまな復讐心から、松の実に似ているのでピーニャ（松かさ）と名づけたのでしたが、それはアヒルをカモというようなものでした。ペルシャン・アボカド、マレーパンの木。熟したグアバとベルデ・ベルデの花といえば、グアマニの男が連れ添う女に言うせりふ、「男は嫉妬すると、横になっても眠らない」でした。

わたくしたちが誇りにし幸せに思っていたのは、この肥沃な谷間だけではありません。レースの扇子をかたどった半円形の彫刻がほどこされた扉や、大理石の壺《アンフォラ》が並んだバルコニー、趣味のよいタイルにドミノ模様が彫りこまれた床のある優雅な家で、人々は立派な暮らしをしていました。当時、わたくしたち由緒ある家柄のグアマニ人は、みんなでひとつの大家族のようで、農園から最大限の収穫をあげようと支えあって奮闘しました。男の子たちはヨーロッパで勉強し、女の子たちはよき母親となるように厳しく躾られたものです。文化的な活動や社交生活はいつもしっかりと洗練された趣味で統一されていました。低俗なもの、つまらないもの、悪趣味なものは断じて認めず、定期的にグアマニの劇場を訪れるラ・パティやドゥーゼ、アンナ・パブロワのリサイタルを見逃すことはなかったのです。舞踏会やパーティでは美意識を高めてくれる洗練された音楽だけを演奏させ、熱帯の星をちりばめた夜空の下で踊る娘たちは、まるで青きダニューブの水面に漂う薄絹のはかないくちなしの花のようでした。それはわれらが大詩人ガウティエルがその詩に詠い、偉大なるモレルがその舞踏曲に託したように、美しく純真な世界だったのです。骨の折れる労働と素朴な愉しみの世界であり、帆船で行くエンセナダ・オンダへの遠足、青々とした近くの山々へのピクニック、決まって物憂い松の木陰で踊られるダンスの世界でした。貧しく時代遅れではありましたが、幸福なその世界では、高貴で気高く美しいもの以外は、すべて人間の尊厳を傷つける赦しがたい侮辱とみなされて遠ざけられていました。

今ではすべてが変わってしまいました。わたくしたちの町は天国というにはほど遠い、エヘンプロ製糖所が吐きだす砂糖が、凄まじい竜巻となって夜も昼もアメリカめざしてあふれ出る、巨大なじょうごと化してしまったのです。

ドニャ・エルビラの結婚

ドニャ・エルビラ・デ・ラ・バジェ、またの名をデル・ロブレ、デ・ラ・セルダ、デ・ラ・バジェ、デ・フアン・ポンセ・デ・レオンの、つまり姓にデを冠する四大名家のエルビラ嬢として知られるドニャ・エルビラと、ドン・フリオ・フォントの結婚式は、ドニャ・エルビラがヨーロッパ留学から帰っていくらもたたないうちに執りおこなわれました。ひとり娘のドニャ・エルビラはパリで行きとどいた教育を受け、洗練された趣味を身につけていました。早くに両親を亡くしていたので、育ての親である叔母たち、ドニャ・エミリアとドニャ・エステファナが彼女をパリに送りだしたのです。ドニャ・エルビラが令名高きスペイン人で油と穀物と鱈の輸入商、ドン・フリオと知りあったのは、グアマニの馬のトーナメントでした。ドン・フリオの牝馬が金賞を授けられたのですが、馬は授賞式のあと、居並ぶ審査員の面前で両の前足をあげたままどうしても前に進もうとしないのです。観覧席に座っていたドニャ・エルビラをしばらく前からじっと見つめていたドン・フリオは、ゆっくり馬から降りると、審査員から授けられたばかりの絹の飾リボンを馬の額革からはずしました。そして「みなさん、この場に勝利者はただひとりしかおりません、ピエル・カネラはそれを知っているのです」と、みんなに聞こえるように大きな声で言って、ドニャ・エルビラに歩みより、あらためてお願いにいくまで預かっておいて欲しいと言いながら、リボンを差しだしたのです。かわいそうにドニャ・エルビラはあっというまに恋に落ちてしまいました。グアマニの男たちが口にするお決まりの遠慮がちなお世辞とはまったく違う、商人らしく飾り気のない正面攻撃に、すぐさま陥落してしまったのです。ドン・フリオはスペインはレリダの牧畜の盛んな村の生まれで、牡牛のような首とがっしりした恰幅のよい胸をしており、上品なだけで退屈なほかの求婚者たちにくらべて、とても魅力的に見えたのでした。ドニャ・エルビラは友人たちから笑われたりはやされたりしながら藍色の飾りリボンを受けとると、夢見心地で家路につきました。

すっかり夢中になってしまった彼女は、何週間ものあいだ、ドン・フリオの金色の瞳を夢見ながら廊下や広間をふらふらと歩きまわり、生気を取りもどすのはピアノのまえに座って舞踏曲を弾くときだけという有様。とりわけ気に入っていたのは「呪われた愛」という曲でした。ドン・フリオと出会ってからというもの、少なくとも日に十回はこの曲を弾き、バルコニーや塀越しに切々とした音色を撒き散らしたのです。

あなたの愛はすでに、声を失くした小鳥
あなたの愛はすでに、わたしの心で消えた
なぜか、あなたの激しさにわたしの身は細り
なぜか、あなたの愛は燃えあがらなかった

ただならぬ姪の様子に度肝を抜かれて、ドニャ・エミリアとドニャ・エステファナはドン・フリ

オを家に招待しました。婚姻とそれがもたらす利益を追求することにめざとかった叔母たちは、やり手婆よろしく最初から結婚を前提にふたりの仲を取りもち、式の日取りが決まるまでに二ヶ月とかからなかったほどです。ドン・フリオは容姿のよさもさることながら、働き者としてとおっていましたから、いずれはフスティシア製糖農園の有能な経営者になるはずでした。ふたりの老婦人は農園があげる利益に頼って暮らしていたので、もう長いあいだ采配をふるう男手がないことを不安に思っていたのです。

ドン・フリオは、フスティシア製糖農園の経営者に、という話に大乗り気でした。結婚式を終えるとすぐ、デ・ラ・バジェ家が町なかに構えていた家から出て、ドニャ・エルビラと農園に行って暮らすのだと言い張ってききません。

「農園を所有するからにはその面倒を見なけりゃな、それがいやなら売り払うことさ」すでに腹は決まっているのに、なおも妻が不平を言うのを聞いて、ドン・フリオはからかうように言いました。町で生活するやわな坊ちゃん連中とは違って、自ら収穫や圧搾の監督をしたかったのです。

エルビラは叔母たちに別れを告げ、なにも言わずに夫の決定に従って、農園の仕事に身も心も捧げようと決心しました。小柄で華奢な女性でしたが心は燃えていたのです。田舎に住むことが決まると、夫に向かってこう言いました。

「すべておっしゃるとおりにいたしました。今度はあなたがわたくしの望みを聞いてくださる番ですわ。この家を修理したいのです、地の果てに住んでいると思わなくてすむように」

そのだだっぴろい屋敷は事実とても古く、もっとも基本的な衛生設備さえ整っていませんでした。

トイレはなく、生物学的欲求は、さとうきび畑に向かって突きだした手すりつきの回廊の突きあたりにある、奇妙な空中便所でみたすのです。もう百年以上もまえにフランスの建築家がデ・ラ・バジェ家のためにこしらえたもので、プライバシーを確保するために、緑色のすだれでまわりを囲ってありました。

「どうして気に入らないんだね」ドン・フリオは妻と一緒に、螺鈿細工の蓋のついた白檀の不思議な箱を点検しながら、笑って言いました。「お上品な便器じゃないか、とても。それにだな、さとうきび畑の上に糞をするなんて、それも尻を熱帯のかぐわしいそよ風にあてて、畑に肥料をやりながらだぜ、すばらしいじゃないか」

ドニャ・エルビラは唇をかみ、苦い沈黙に沈んで、家事にいそしむ生活に戻りました。数日後、回廊で夫と一緒に肘掛け椅子に座って外を眺めていたときに、またその話を持ちだしました。ビデと洗面台、それに毎日身体を洗えるようにシャワーが必要だと。人並みの入浴ができるような飾り脚つきの浴槽もないなんて、恥ずかしくて友達を招待することもできなかったからです。

しかし、ドン・フリオは次第に妻の頼みに耳を貸さなくなりました。

「俺たちは王侯貴族のような暮らしをしているんだ、おまえにはそれがわかってないな」夫は妻に言うのでした。「海の向こうの暮らしはもっときついぞ。それに経験すればわかるが、ものがなくて我慢するのは心の健康にいいものだ。おまえがつきあっているような上流階級の人間は、だからみんな意気地がないんだ。財産を食いつぶしながら贅沢で怠惰な暮らしをして、芸術だ、音楽だ、文学だとうつつを抜かしているからな」

ドン・フリオが気を変えないので、ドニャ・エルビラはかわいそうにかまどに石炭をくべて調理をし、ランプの灯で明かりを取り、ラードを入れるための大きな缶に水を汲んで、背負って家まで運びあげる重労働を続けなければなりませんでした。

ある日、ドン・フリオは砂糖の生産量をもっとふやす必要があると言いだして、荒地や、農園で働く者たちが自分たちの食料を得るために耕していた菜園、小農場にまで、もっとさとうきびを植えろという命令を下しました。フスティシア農園では主人たちは歴代、働く者たちに農園のはずれや硝石を含んだ土地の使用を許可し、彼らはそこで家畜を飼育したり、穀物や野菜を作ったりしていたのです。デ・ラ・バジェ家の人々が代々伯爵のような暮らしをしながら、最悪の事態に陥ったときでも、なんとか使用人たちの絶対的忠誠心を確保することができたのは、この寛大さのおかげでした。その上、使用人の葬式や結婚式、洗礼式には欠かさず出席し、領主たる者の威厳を振りまきながら、いつも気前よく心付けを弾んだものです。

ドン・フリオの指図で使用人たちの土地が取りあげられたと聞くと、ドニャ・エルビラはすぐ夫を探しに、彼がドイツに注文して作らせた、フンボルト社製の金庫が置いてある地下室に降りていきました。夫に気づいてもらうまで、何度も扉を叩かなければなりませんでした。地下室の壁は幾重にも厚く、扉は頑丈な鋼鉄でできていたからです。

「デ・ラ・バジェ家はこれまでずっと農園を所有してきました。でも奴隷商人のまねをしたことは一度もないわ」やっと扉を開けてくれた夫に向かってドニャ・エルビラは言いました。「こんなひどいことをなさるなんて、あなたはわたくしたちみんなを、さとうきびの海で溺死させるおつもりなのね」

ドン・フリオは、背後に山と積まれた袋から立ちのぼる冷気のなかで、びっくりして妻を見つめました。彼が地下室に閉じこもっているときは、誰も邪魔してはならないことになっていたのです。まずは我慢だ、毛並みのよい牝馬は気性が激しいからな、そう考えて妻に返事をするまえにしばらく間を置きました。

「尿瓶みたいなこの国で、毎日、午後三時に雨が降るのは俺のせいじゃないぞ、エルビリータ」彼は笑いながら妻に言いました。「雨のおかげで大損なんだ、神から利息を取りたてるわけにはいかんからな」

夫がかたくなまでにけちなのを思い知らされて、ドニャ・エルビラは台所に戻りましたが、数日とたたないうちに、また夫と対決することになりました。もと父親の奴隷だった黒人のドン・カリスト・ディアスが、圧搾機の歯車に腕をはさまれたといって、男たちが今一度助けを求めにやってきたのです。ドニャ・エルビラはスカートを膝までたくしあげて、屋敷と機械小屋のあいだのぬかるんだ土手を走って横切り、圧搾小屋に入りました。黒人のいるところに着いてみると、血が肘をつたってゆっくりと流れ落ち、鍋の底で煮えたぎっているさとうきびの暗緑色の絞り汁を赤く染めていましたが、彼女は一瞬たりとも取り乱したりしませんでした。圧搾機を逆方向にまわすように命じると、自分も手伝って、ずたずたになった男の腕を鉄の絞具から引きぬいたのです。

その晩、ドニャ・エルビラはロザリオの祈りを終えて、家伝来のベッド「カテドラル」のオランダ布のシーツに横になるとすぐにこう切りだしました。「あの腕を返してやることができないなら、せめてこれからずっと年金がもらえるようにしてやって」そしてあの事故が起こったのは、圧搾機の管理を年寄りのドン・カシルドにまかせた夫の責任だともつけ加えたのです。部屋には深い沈黙が流れ、なめらかなレースの天蓋があるかなきかの夜風にそよいでふたりの上で揺れており、すぐにも平和な眠りが訪れるかに見えました。しかし、ここ何ヶ月もささいなことでいらいらさせられてきたドン・フリオの忍耐はそこでもう限界でした。彼は枕の上に身を起こすと、傍らの小机に置いてあったランプに灯をつけました。

「そういえば、聖母マリアも苗字はデ・ラ・バジェだったな」最初の一撃を加えるまえに、怒りにふるえながら言いました。「この家で女が口をきくなんて。これからは自分と関係ないことに嘴をはさむな」そして、妻を右に左に殴りつけながら、デ・ラ・バジェ家の人間もこの一帯のほかの農園主と同じように、奴隷を搾取してきたこと、お嬢様方がやんごとなき便器で排便したり、本物のサモトラケ産大理石の脚つき浴槽で湯浴みをしたりできるのは、黒人どもに金の塊をばらまいたおかげだと思うなんてまるで気違い沙汰だ、ときっぱり断言したのです。

夫のひどい仕打ちに打ちのめされ、ドニャ・エルビラはまもなく農園の仕事から手を引いてしまいました。家事も放りだし、霧のような沈黙のなかに沈み込んで、そこから抜けだすのは、ピアノを弾きながら「呪われた愛」を歌うときだけでした。一方ドン・フリオの方は、ますます農園の仕事にのめり込んでいきました。そして、紫色のドアノッカーのような隈を目の下にぶらさげた女のまえで、黙りこくって食事をするのにうんざりして、農園監督や人夫頭とテーブルを共にし、飲み口のついた容器からラム酒を際限もなくまわし飲みしたり、卑猥な冗談や馬鹿話に加わったりするようになったのです。

ドニャ・エルビラが、われらが高貴なる名士ウバルディノ・デ・ラ・バジェを産んだばかりで、まだ産後のサン・ヘラルドの四十日をベッドのなかで過ごしていたときのことです、フスティシア農園は今世紀で最悪の部類に入るハリケーンに襲われて壊滅的な打撃を受けました。豪雨のさなか、天井が割れてしまったので、一家は腐臭がよどんでいるものの暴風は入ってこない地下室に避難せざるをえませんでした。農園中がまるで地獄の出店にでもなったように騒然としていたほとんど一ヶ月を、ドニャ・エルビラはそこで過ごしました。ドン・フリオは、泥水が押しよせて腐ってしまうまえに、畑を焼きはらうよう指図するだけで手一杯で、巨大な帽子みたいに逆さまに持ちあげられて、二〇マイルも先まで飛ばされてしまったアブサ材の大きな屋根の骨組みを、元に戻す時間がなかったのです。地下室で簡易ベッドに横たわり、濁った湧き水を飲まなければならなかったドニャ・エルビラは、黒チフスの餌食となって、終油の秘蹟を求めてかなえられないまま、まもなく死んでしまいました。こうしてわれらが郷土の名士、ウバルディノ・デ・ラ・バジェは、生まれて何ヶ月もたたないうちに、乳母のドニャ・エンカルナシオン・リベラの腕に取り残されました。ウバルディノに乳を与え、その後大きくなるまで育てたのはこの乳母でした。

相談

はい、だんなさま、五年まえにウバルディノ坊ちゃまは、トタン屋根のついた板張りの小屋はいずれおまえたちにやろう、と約束してくだすったんでございます。ネストルとわたしがご奉公にあがってこの方、ずっと住んできたあの小屋のことで。そのことで今日、エルメネヒルド様、思い切ってグアマニのこの事務所まで、あなた様を訪ねてまいりました。あなた様は坊ちゃまといつもうんと仲よくつきあっていなさったし、わたしも、淹れたてのコーヒーにブランデーをたっぷり入れて、よくお給仕させていただきました。いつもよくしてくださいまして。事務所の扉の表札にあなた様のお名前を見つけたのはネストルで、一週間ほどまえ、買い物を頼まれて町に出たときのことでした。この扉のまえは何度も通っていたはずなのに、それまではなにが書いてあるか読みもしなかったんですよ。「ドン・エルメネヒルド・マルティネス、弁護士・公証人」、でもこのときはふたつ目の表札が目に入り、「乗馬協会会長」って、ひとつ目の表札と並べてかけてあったもんで、確かに坊ちゃまのお友達でいらしたあなた様、エルメネヒルド・マルティネス様だとわかったんでございます。それでわたしにどうしても会いに行くようにと言いまして、わたしもしまいには折れましたんです。いつも笑顔でご親切だったあなた様のお顔を思いだしましてね。コーヒーをお持ちしたときや、坊ちゃまと牝馬や若馬の交配の話をなさってたときの。でもほんとを言うと、そうはいってもここに伺う気にはなかなかなれませんでしたよ。いくらやさしくしてくだすったからといって、白人は白人、お仲間同士仲よくやっていなさるんですから。

ウバルディノ坊ちゃまがどんなに寛大なお方だったかはようくご存知でございましょう。ですから、お亡くなりになるまえに、兄とわたしにバルコニーのついたトタン屋根の小屋をやろうと約束なさったと言っても、驚かれないと思いますよ。庭の奥のあの小屋に、わたしらは四十年以上住んでいるんでございますからね。ラウラ奥様は坊ちゃまが亡くなられてすぐに、自分が死んだらこの約束が果たされるようにしておく、亡夫の遺志は尊重するからとおっしゃいました。だからわたしらは奥様があの世に旅立たれるときまで五年間、しんぼうづよく待ちました。今になってこけにされたくはありません。いいえ、だんなさま、簡単に引きさがるわけにはいかないんでございますよ。

四人のお嬢様方とそれぞれのご主人方が一団となって、アリスティデス様があとにつづいて、戸口から出ていかれたときのご様子が、いまだに目に浮かぶようでございますよ。ひどい仕打ちだ、もう二度とこの家の敷居はまたがんぞ、と大声で泣き叫びながら階段をおりて、お急ぎのあまりベゴニアの茎は踏みつける、怒りにまかせて門口でいい匂いをさせているミルテの枝はひっかける、といった有様で。それで黒いリムジンに乗り込んで、広間にいらっしゃる奥様に聞こえるように、ドアを凄い勢いでお閉めになりました。でも奥様に聞こえるはずはなかったんです。奥様にはなにも聞こえていませんでした。おかわいそうに、奥様はグロリア若奥様の腕のなかに倒れたまま、嘆きのあまり気を失っておいででした。いまだに目に見えるようですよ、だんなさま。四人のお嬢様方とあのご立派な弟御が、まだ閉じてもいないお棺のあっちとこっちで髪を引っぱりあい、正義とやらをよこせと言いながら、頬や額に爪をたてあって。お父上のお体はまだそこにあり、生きているうちは一度だってなかった静かなご様子でそこにいる人々を見ておられました。でも死がお体に取りついて、お顔にも少しずつ死の影が広がっていきました。あのお屋敷では誰も一気に死んだりしません、エルメネヒルド様、ゆっくりと、死ぬずっとまえから死にはじめるんでございますよ。

教えてくださいまし。ネストルとわたしは五年のあいだ毎晩、まるで故人がテーブルについてものを食べ、奥様方とお話しなさっているみたいに、ウバルディノ坊ちゃまのお皿をテーブルの上座に置いたのでございます。それで夕食の時間にはネストルもわたしも細心の注意をはらってお給仕いたしました。クリスタルの水差しは、黒や紫の絹の服を召した奥様方の肩越しに持ちあげて、鶏の煮込みやロブスターのマヨネーズ添えは、食卓の三人の食欲にちょうどあうように注意して量をはかり、食欲をそそるように大皿の底に盛りつけましてね。夕食のときに坊ちゃまがいつも座ってらした、中世の騎士の鎧冑が彫られた椅子の脇を通るときは、まえに身をかがめすぎないように、もう目一杯注意をはらいましたです。なんといっても偉いお方のお体は、樹の幹と同じように、切られたあと何年もその場所に居座るものでございますからね。

長年ご奉仕させていただきました、エルメネヒルド様。こんなにも長いことラウラ奥様にお仕えしてきたのは、ひとえに死の床で坊ちゃまがこうおっしゃったからなんで。「ラウリータのことは頼んだぞ」と、わたしらに言われたんです。「俺が死んだあと、あれをひとりぼっちにしないでおくれ」この約束がなんと高くついたことか、エルメネヒルド様、なんとまあ高く。グアマニの奥様方が何人もわたしらに甘いお誘いをくださいました。何人にお断りしましたことか、あなた様には想像もおつきになりますまい。こけおどしの金や銀につられて、ラウリータ様をひとりぼっちで放りだすなんて、そんなことはできません。奥様のことで死者と約束したんです、裏切るわけにはいきませんよ。かわいそうに死者は手も足も出ないんでございますからね。もしもウバルディノ坊ちゃまが生きておられたら、今日お話しするようなことは起こらなかったにちがいありません、それは確かでございます。坊ちゃまはとっても信頼のおけるお方でした。もし生きておられたなら、ティティナがここに来てあなた様にお話することなどなかったはずです。わたしらがウバルディノ坊ちゃまとお呼びするのは、黒人女の乳を飲んでいらしたからです、だんなさま。坊ちゃまはわたしらの母親で、奴隷の身分から開放されたドニャ・エンカルナシオン・リベラの乳房にぶらさがって育ったのでございますよ。ご自分のお皿から、ご自分の銀のお匙で、お気に入りだった卵のアイスクリームをわたしに味見させてくだすったものです。ためしてごらんよ、ティティナ、天国の味がどんなもんか、泡立てたお空をひとくち試してごらん、僕がおまえをどんなに好きかわかっておくれ。だからこそ、わたしらは四十年もお屋敷にお仕えしてきたんです。すずめの涙ほどのお給料で、でもいつかは約束どおり兄のネストルとわたしが、あの家の屋根の持ち主になるはずだと思えばこそ、今はもう頭の上で危なくなっているあの屋根のですよ。ネストルとわたしがお屋敷にあがったのは、もともとウバルディノ坊ちゃまにお仕えするためで、ラウラ奥様にお仕えするためではありませんでした。たしかにこの五年というもの、もっぱらラウラ奥様にかかりきってはいました、でもそれは坊ちゃまへの忠誠心からしたことです。坊ちゃまがお墓のなかからわたしらに奥様を託されたんです。奥様のためというより、坊ちゃまのためでございました。何年もまえからのお知りあいなんですから、だんなさまもよくご存知でございましょう、ラウラ奥様にお仕えするのはどうして並大抵のことではありませんよ。わたしらがお屋敷にあがるまえには、坊ちゃまはそれはもう大変だったんですから。気難しいラウラ様のせいで、誰も長つづきしなくてねえ。坊ちゃまは料理女や女中を探しに、真珠色のポンティアックに乗って、村やスラム街をあっちこっち一日中走りまわっていなさった。誰からも慕われ、愛されていた坊ちゃまなのに、お屋敷で働こうという者はとんといませんでしたのです。

何年ものあいだ、からっぽの部屋をお掃除し、絨毯のほこりをはらって、誰も寝ないベッドに清潔なシーツを広げました。もしかして今晩セベデア様かエウラリア様が来るかもしれない、ティティナ、ひょっとしたらオフェリア様かマルガリータ様がここを通りかかって寄っていく気になるかもしれないよと。誰も来ない、誰ひとり姿を現わすことはないとわかっていながらねえ。五年まえにウバルディノ坊ちゃまが亡くなられてこの方、お屋敷の敷居をまたいだ方はひとりとしていませんでしたよ。電話はかかってきますです、はい。お母様はどうしているか、お元気かどうか。お嬢様方は、父親が娘たちにはなにも相続させないと決めて死んでしまい、母親もそれに賛成したと知ってからは、ただ年寄りがまだ死んでいないか、まだくたばっていないかどうか、実はそれを確かめるためにだけ電話をかけてくるんです、会いにくるなんてとんでもない、勝手な話でございますよ、奥様を淋しがらせておいて。最悪なのはマルガリータ様です。ドン・アウグスト・アルスアガと結婚してサンタクルスに行ってしまい、なにがあっても、電話もかけてこなければ手紙ひとつよこさない、うんともすんとも言ってきません。もうマルガリータお嬢様ではなく、マルガリータ奥様だというわけで、正真正銘の大金持ちになりましたから、デ・ラ・バジェ家の金など、どうでもいいんでございましょう。

　今朝方、奥様の具合がいつもより悪かったもんで、エルメネヒルド様、ネストルとわたしはお医者様を呼びに走り、すぐ診にきていただきました。そのあと食卓に特別な日にだけ使うベネチアンレースのテーブルクロスをかけました、きっと今日は皆様がいらっしゃるだろうと思いましてね。実際そのとおりでしたよ。しばらくすると呼び鈴が鳴って、皆様ぞろぞろと入っておいでになり、テーブルにつくやいなや飲み物を所望なさいました。四人姉妹とその弟が、金色の模様が入ったリモージュのカップでコーヒーをお飲みになり、バカラのグラスで冷たい飲み物を召しあがっていらっしゃるあいだに、わたしは出てきましたんです。お話に夢中で、わたしが家にいないことに気づいてはいらっしゃいません。

　お許しくださいまし、エルメネヒルド様、思ったことをこうも厚かましく口にいたしまして。あのご一家には何年もお仕えしてきましたから、自分もその一部のような気がするんでございます。今日ここに参りましたのは、ひとつにはウバルディノ坊ちゃまへの忠義だてで、あの偉大なお方のお遺志が果たされるかどうか見届けるためですが、それだけではなくて、公平に見て、ラウラ奥様の遺言で、グロリア奥様とご子息のニコラシート坊ちゃまが有利に扱われるのは当然だと、こう思うからです。ニコラス様が亡くなられたとき、グロリア奥様は家を出て、世の中でやっていくこともできたんです。だのに義理のご両親のもとに残って、昼夜お世話をなさったんですからね。ニコラス様が亡くなられたあとは、ニコラシート坊ちゃまがお屋敷の唯一の喜びでございました。ふたりも死者が出たあとで、わたしらのところに来てくれた天使のようなものです。ニコラシート様が生まれたのは、おじい様が亡くなられた六ヶ月後、お父様が亡くなられてから一ヶ月ほどあとのことでした。だからこそラウラ奥様もあんなにおかわいがりになったんですよ。でも、ラウラ奥様にあれだけおつくしになり、何年もつきっきりでお世話なさったというのに、グロリア奥様のことを世間でどう言っているか、ようくご存知でございましょう。口さがない連中はあからさまにグロリア奥様をばか呼ばわりし、男と遊び歩いているなぞと。グロリア奥様にかぎって誰がそんなことを言えましょうか。ニコラス様が亡くなられて五年もたつというのに、喪服を脱ごうともしないで、いつも泣きながら家のなかを歩きまわっていなさるんです。朝はミサにお出かけになりますが、その様子を見れば誰だって胸をしめつけられますよ、薄紫色のドレスに薄紫色のバッグ、薄紫色の靴、雨が降るか日差しが強いときは薄紫色の絹の傘をさして、いつも悲しそうな顔で町まで海岸沿いに歩いていかれます。ですがこの町では、評判を落とすのは信用をなくすのと同じ、だんなさま、そうでございましょう。だからこそあの方たち、お嬢様方とアリスティデス様はよからぬことを言いふらしているんです。グロリア奥様の取り分を奪おうという魂胆でね。奥様はいつもご自分の世界に閉じこもって、あの方たちの企みには気づいていません。

グロリア奥様を姉弟がなんと言おうと、それが真実じゃないことはわたしらが証人ですよ。奥様は、神様が奪っていった自分の幸せを、一日中追いかけていなさるんです。人に会えばいつもニコラス様のことばかり。ほんとうにこの六年間の奥様方のご不幸を思うたんびに、わたしは目に涙があふれますです。考えてもみてくださいまし、おかわいそうにニコラス様がどんな最期をとげられたか、お父様が亡くなられるほんの少しまえでした。不幸と不幸がありがたく手を携えてやってきたようなもんで。わたしら貧乏人は人生にもうなにも期待していませんし、人が死んでも驚きやしません。死神に面と向かうのは慣れっこでね、ほんとうですよ、エルメネヒルド様。でもあの方があんなにむごい死に方をなさるなんて、誰も思ってもみませんでしたからね。今でも埋葬式のことを思いだすと可笑しくて、いえ、同時におかわいそうなグロリア奥様の様子を思いだすからではありません。こういうことは、糸を一本たぐりだすと、すべてが明るみに出てくるものなんで。あの埋葬はまったく意味のないおかしなものでしたよ。エメラルド色のセロファンで包んだ花輪とからっぽのお棺を山すそから降ろして、レースのついた祭服を着込んだ待者が、ひよっこみたいなお祈りをあげて。それにかわいそうにラウラ奥様のお嘆きといったら、大声をあげてなかになんにも入っていないお棺に身を投げかけ、運命に呪いの言葉を吐いて、救助隊員が林のなかで靴の片方でも見つけたかもしれない、髪の毛一束でもありやしないかと探しておられました。ニコラス坊ちゃまのお体はこなごなになって、四方八方に飛び散ってしまったとでもいうんでしょうか、あの惨事は偶然に起こった事故じゃない、なにか目的があって誰かが計画をたて、実行したものだったと、そのときみんな気がついたんでございます。

どうか誤解しないでくださいまし、エルメネヒルド様、信じてくださいまし、わたしの話を聞いて蒼くなったりなさいませんように。わたしがここに来たのは、余計な告発をするためでも、野良犬のようにもう町中を駆けまわっている噂に油をそそぐためでもありません。幸せにもニコラス坊ちゃまのおそばで二十年も暮らして、あのようなお方だと知っていたんですから、わたしらのところにおいでになるのはちょっとの間、長くは一緒に暮らせないと気づいていなければならなかったんです。ご子息がご自分のように製糖業界の大物になるだろう、とお父様がお考えになったのは、間違いだったんでございますよ。ニコラス様がただひとつ興味を持たれたのは、他人を助けることと詩の朗読をすること、おとぎ話のお殿様のように、貧しい人にご自分の上着を半分与えることでした。だからこそ殺されておしまいになったんです、エルメネヒルド様、だからこそ首都へ向かって飛んでいた単発エンジンの小型飛行機が押しつぶされ、山すそにぶつかって、役立たずの虫けらのように砕け散ってしまったんですよ。

ウバルディノ坊ちゃまはいつだって堂々とした威厳のあるお方でした。たとえ腕を一本切り落とされたところで、土地一インチさえ外国人にお売りになるようなことはなさらなかったはずです。毎朝、わたしが捧げ持つ洗面用の道具入れのまえで、おぐしをとかしたり、歯をみがいたりするたんびに、「明白なる神意」、「大棍棒」政策、「アメリカ軍のろば」、ほかにも「パームオリーブ石鹸」や歯ブラシまで一緒くたに呪いの言葉にして、天に向かって吐きだしていらっしゃいました。なんでまた全能のキリストが、「一二月の椰子の芽の芯よりも生っ白い」あんなよそ者を送り込んで、わたしらの物を盗ませようとするのか、坊ちゃまにはどうしてもおわかりにならなかったんです。お嬢様方が大きくなって（もちろんマルガリータお嬢様以外の、ということですが）、エヘンプロ製糖所の持ち主の息子たちと結婚なさったときは、ひどく弱られて一ヶ月も寝込んでしまわれて。やつらから身を護るのに必死だというのに、一方で財産を銀の盆に載せてくれてやるんだからなと、わたしが靴をみがいて差しあげるときなど、よく涙ながらにおっしゃってました。星空の下で、やれギターだ、グイチャロだ、クアトロだと伴奏をつけて、やつらを郷土料理でもてなしたあげくに、と白い背広の襟にブラシをかけて差しあげているときなどため息をつかれましてね、一方では脇腹の肉を贈呈するってわけかと。マルガリータお嬢様がサンタクルス産業界の実力者、アウグスト・アルスアガ様と婚約なさったときはもう最悪でしたです。お心の限界を超える苦汁だったんですねえ。アウグスト様については色々聞いてらして、アメリカ人と昵懇の間柄であることもご存じでした。この辺りでは、米国人《グリンゴ》に取り入っていつも有利にことを運ぶ才覚があるって評判のお人ですからね。でも坊ちゃまはそんなことに感心されたりしません、むしろ軽蔑していらっしゃいましたよ。

よく覚えておいでしょう、エルメネヒルド様、坊ちゃまのご友人として、お嬢様方の結婚式にはすべて列席なさったんですから。ウバルディノ様はやっとこさ心の痛手を乗り越えて、お嬢様方全員の結婚式を盛大にお挙げになりましたからね。お衣装や銀器やオランダ布のテーブルクロスやシーツを揃えておあげになり、上座からお嬢様方にほほえまれ、お婿様方を誘って、総指揮官として緑の軍隊を閲兵してまわられて。何世紀もの汗の結晶を新参者に奪わせるようなことはさせない、と坊ちゃまはわたしがコーヒーをお持ちしたときに笑いながらそうおっしゃって、だからこそラウラ奥様はたくましい男の子をふたり、アリスティデス様とニコラス様を産んだ、ふたりが自分たちの財産を護ってくれるだろうと。外国のお方とはつきあいもしようし、敬いもしよう、でも連中のために寝床を用意してやるなんて、やつらと一緒に寝るなんて冗談じゃない、とわたしが書類鞄や帽子をお渡しするときにおっしゃったものです。

それで今、エルメネヒルド様、お嬢様方は立派に成長されて、それぞれ好き勝手に選ばれたお相手がいらっしゃるというのに、なにをしに今日お屋敷なんぞにいらしたんでしょう、ここでなくされたものはなにひとつないはずで、わたしにはどうしても合点がいきませんです。ラウラ奥様が死にかけて苦しんでおられる、畏れ多い今日というこの日に、グロリア奥様とニコラシート坊ちゃま、それにネストルとわたしとで、坊ちゃまが亡くなられてからの五年間、悲しみのなかで静かに過ごしてきたこの家をなぜ汚しにくるのか、なぜつま先から頭のてっぺんまで黒ずくめになってやってきて、たったひとり残った弟のまわりをハエのようにぶんぶん飛びまわっているのか、お父上の記憶を葬りさろうとでもいうおつもりなのか、飼い犬に手をかまれる、ということわざのとおりでございます。教えてくださいまし、エルメネヒルド様、お父上を完全に葬りさって、アリスティデス様と計って製糖所とお屋敷を、こともあろうにウバルディノ様の仇敵であるエヘンプロ製糖所の持ち主に売ろうというんでなければ、なぜやって来たりするんでしょう。

今、ラウラ奥様が危篤になられ、わたしらは奥様がフスティシア製糖所を、ニコラス坊ちゃまが亡くなられてからはただひとりの相続人である、アリスティデス様には相続させたくない、と思っておられるのを知りましたんです。ラウラ奥様はこの世の財産はすべてグロリア奥様とニコラシート坊ちゃまにお遺しになるおつもりで、そのように遺書もお書きになりました。それで今日ここに伺ったんでございます。アリスティデス様とお姉様方はこの遺書を握りつぶすおつもりです。今度こそ、ネストルもわたしも引きさがるわけにはいきません、いいえ、エルメネヒルド様、すごすごと引きさがるわけにはいかないんでございますよ。遺書には奥様の自筆で、すべてをグロリア奥様とニコラシート坊ちゃまに遺すということのほかに、何年もまえにウバルディノ坊ちゃまがわたしらにしてくだすったお約束、中庭の奥のトタン屋根の板張りの小屋はネストルとわたしにくれる、ということも書かれているんでございます。それでエルメネヒルド様、思い切ってあなた様を訪ねてきました。こうしてわたしが今あなた様の事務所に座っておりますのは、そういうわけでして。あなた様に証人になっていただいて、アリスティデス様と四人のお嬢様方にお伝えいただきたいんでございます、わたしらは遺書があるのを知っていると。

思いもかけないことが起こるものだ。昨日、われらが名士ウバルディノ・デ・ラ・バジェをめぐる小説を書いている最中に、長年デ・ラ・バジェ家に仕えている女中のティティナ・リベラが事務所にやってきて、びっくりするような話をしていった。グロリア・カンプルビの話は、町のバルで何度か耳にしたことがあるが、すべてあやしげな連中のいい加減な噂話だった。アリスティデス・デ・ラ・バジェがグロリアを好きになり、看護婦という名目で両親の家に住まわせるように計らったこと、グロリアとニコラスの破廉恥な結婚、結婚式の数ヶ月後にニコラスがなぞの死をとげたことなどだった。ほとんど空の棺といい、バラバラになって木にこびりついていた肉片といい、あまりに不気味な事件だったから、町の有力者たちは一刻も早く忘れてしまおうと、カジノでもメトロポリタン・クラブでもロヒア・アウロラでも、めぼしい集まりではどこでも、事件を話題にすることはなかった。デ・ラ・バジェ家の悲劇を口にするのは、はばかられたからで、事件のため、かわいそうにラウラもウバルディノも打ちのめされ、以後その生活がすっかり陰鬱な様相を呈するにいたってはなおさらだった。一族に近い者の話を聞いて、それも微にいり細にわたったあさましい話ではあったが、私は強い衝撃を受けた。

　もちろん、ウバルディノ一族が不審な事件に巻き込まれたのはこれがはじめてではない。上品な家柄を誇るどんな良家でも、好むと好まざると戸棚の奥に埃だらけの骸骨を隠しもっているもので、デ・ラ・バジェ家とて例外ではないのだ。しかし、これらの不幸なできごとは大目に見る方がよい。名士たちは世の模範となるような行為もしてきたのだから、それで帳消しになろうというもの。一国の民が国民としてまとまろうとするならば、指導者が、傑出したカウディジョが必要であり、もしいなければ創りださなければならない。幸運にも我々にはその必要がなかった。グアマニにはウバルディノ・デ・ラ・バジェがいたからだ。その名も高き彼の生涯の物語を、私はここに記そうと思う。

　ティティナがほのめかしたことが真実かどうかは疑わしいが、私は明日デ・ラ・バジェ家に行って、アリスティデス姉弟に今起きていることを知らせるつもりだ。このようにいきなり兄弟殺しの罪で人を告発しておいて、ただですむわけがないし、まして渦中の人物がデ・ラ・バジェ家の人々とあればなおさらだ。ウバルディノとのかつての友情にかけて、今この時期に行って立ち会うのは私の義務であると信ずる。件の遺書が存在するとすれば当然起こるはずのスキャンダル、デ・ラ・バジェ家とグロリアの死闘を、おそらく回避させることができるだろう。何年かぶりで見たティティナの様子にはすっかり驚かされた。まったく昔のままだった。漆黒の髪には、白い縮れ毛一本、灰色の髪一筋すら混じっていなかった。ティティナ、この町最後の奴隷、昔も今もデ・ラ・バジェ家に仕える女中、永遠のティティナ。

落胆

ドニャ・エルビラの死後、われらが名士ウバルディノ・デ・ラ・バジェの父親であるドン・フリオ・フォントは、次から次へ困難に直面しました。当時、北米銀行が、漆喰のライオン像を玄関の両脇に従えた赤御影石の堂々たる建物を、新しく町の広場に建てて開業したばかりでしたが、北米資本の製糖業者には四の五の言わずに融資をするのに、地元の業者は信用しないのです。そのために、ポルタラティニ家やプラスエラ家、イトゥルビデ家などの所有になるトア、カンバラチェ、ラ・エウレカなど、つい最近まで公爵や侯爵の冠のような名声を誇っていた製糖農園が、破滅の淵へ転落したのでした。しかしドン・フリオは、さとうきび畑の一区画たりとも外国人には売らないといってがんばっていました。

ドン・フリオはもと商人で卸売業も営んでいたことがあるので、首都のスペイン人の投資家連中に友人が大勢いました。彼ら島生まれのメトロポリ・スペイン銀行の創立者たちは、昔はフスティシア製糖農園に融資をしていたのですが、北米資本が進出してくると、銀行をたたまざるをえなくなり、その多くが今、島を出ていこうとしていました。ドン・フリオは友人たちの援助をあてにできないことを見てとって、ここ何年かは思い切りよく自己資金だけで持ちこたえましたが、ある日ついに家の地下室に蓄えてあった金塊も底をついてしまい、友人で倒産したビルバオ銀行の元総裁、ロドバルド・ラミレスを訪ねたのです。友人はちょうど家をたたんで、テーブルや縁飾りつきの鏡を競売にかけ、家族とともに島を引き払う準備をしていたところでした。

「貴様らみんな、裏切り者のシラミだらけのスペイン野郎だ」冗談とも本気ともつかず、荷物を貨物船のボリンケン号に積み込むのを手伝いながら、ドン・フリオは言いました。「神が天で結びつけたものを、人が地上で引き離すことはできない。俺たちはこの哀れな島と永遠に運命を共にするしかないのさ」

ドン・ロドバルドは白髪まじりのゲジゲジ眉毛の下から、悲しそうにドン・フリオを見やりました。同じ村に生まれ、一緒に海を渡ってアメリカにやってきて、その後レリダの黄金色の小麦畑を思いだしながら、ビスカヤ風のモツ料理やバスク風の唐辛子入りタラ料理を共に食した回数は数え切れないほどだったのです。

「すまないな、チャノ」子供のころの愛称でドン・ロドバルドは答えました。「わかっているだろう、老いぼれたムーア人はよきキリスト教徒にはなれない。私も家族も違う人種にされたくはないんだよ」ドン・ロドバルドは、ジョーンズ法が発効するほんの数ヶ月まえに、島の新しい知事が住民をアメリカナイズするために始めた熱狂的なキャンペーンにふれて言いました。

「いつ気を変えてもいいんだぞ」ドン・フリオはなおも続けました。「ここに残って、俺に今年の種まきに必要な金を貸してくれ。立法議会が成立すればすぐに問題は解決するさ」しかし、ロドバルドは悲しそうに頭をふって言いました。「上院にも下院にも島の人間が任命される可能性はある、でもなにも変わらんだろう。この島ではたとえ統治者がプエルトリコ人でも、命令するのはアメリカ人だからな。力ずくで米国人《グリンゴ》にされるには、私は年を取りすぎているんだよ」

ボリンケン号はその日の午後出航し、白く輝く小さな町のように、モーロ港から遠ざかっていきました。もうこの世に自分の味方は誰もいないことを思い知らされて、ドン・フリオは目を伏せ、翌日無言でグアマニに戻りました。そしてこの不吉な訪問から数日もたたないうちに、自分が抱える経済問題がいっそう深刻になったことに気がつきました。何ヶ月もまえから外国人たちが平野に建設していた巨大な農園、エヘンプロ製糖農園の開設パーティへの招待状が届いたのです。

アメリカ人たちは農園戦争の停止を申し入れ、今では地元の農園主たちを援助して、自分たちの素晴らしい発明品を分かちあいたいと願っている、という噂がグアマニの谷に流れました。この噂を聞いたとき、ドン・フリオは希望の光を見たように思い、オープニングパーティに出席することにしました。パーティのあいだに、エヘンプロ製糖農園の所有者たちに対して自分が思いついた計画を、実行に移すことができるかもしれない、そう思ったからです。

オープニングの朝はすばらしい天気でした。空に散らばった雲が貿易風にのってまるでさとうきびの穂のように舞いあがり、夜明けから銀色の飛行船が巨体を静かに移動させています。まるで、下でくりひろげられる熱気のこもった催しを、高みから監視しているようでした。それは式典実行委員会が契約して雇ったもので、文字の入った赤、青、白の旗を沃野の上にはためかせ、その丸くて巨大な鼻先を農園に向けるたびごとに、三色の吹き流しが「April 15, 1918.——Follow our Example 一九一八年四月一五日——われらを模範《エヘンプロ》としてあとに続け」という声明文を発信していました。

飛行船は、当日エンセナダ・オンダの谷で待ちうけていた大勢の招待客に、式典会場への道を案内していたのです。式典実行委員会は近隣の農園すべてに電報を打って、農園主たちを饗宴に招待したのでしたが、フスティシア製糖農園の主、ドン・フリオもそのなかのひとりでした。彼は濃い栗毛の馬にまたがって、その朝エヘンプロ製糖農園へ向かう二輪馬車や四輪馬車、箱形馬車などの行列に合流し、ほかの人々と同じように好奇心にかられ、期待に胸をふくらませていました。フスティシアにとって素晴らしい一日となるはずだったからです。あたりのお祭り気分と、同じように製糖農園へ向かう農場主たちの笑顔を見ると、ここ数ヶ月つきまとわれていた不安からほとんど解放されたような気分になって、満足感を覚えるのでした。

エヘンプロに着くと、沸きたつ群衆のなかを、ドニャ・エルビラが死んだあとは言葉もかけてよこさない、かつての友人である町の農場主たちの、憎悪に満ちたまなざしを無視して進んでいきました。堂々と胸をはって誇らしげに肩をゆすって歩くので、並はずれた体軀がさらに際だって見えます。

午後の余興は米国海兵隊が受けもちました。隊員たちは藍色のコートにゲートル、ピカピカの白い羅紗地の帽子といういでたちで、演奏用の台にあがってチューバを吹き、太鼓をたたき、シンバルを響かせ、ラッパを鳴らす一方、招待客につまみと飲み物の盆をまわし、はては農場主の令嬢たちをワルツに誘っています。ドン・フリオはスペイン・トランプの「金貨の二」のように目を見開いて、機械の設置してある建物に立ち寄り、見るもの聞くものすべてに感心したあげく、軽食をサービスするテーブルまでやってくると、ボーイが差しだす盆からとった薄紫色のパンチを、無理やりのどに流しこみました。

カップを手にしばらく建物のなかを歩きまわりました。磨きこみ、油を差したばかりの製糖用の機械が、台の上で不思議の国の昆虫のような輝きを放っています。そこにあったのは、フランスから苦労の末に輸入した自分の製糖所の、回転の遅いはずみ車とアームがついた旧式の縦型蒸気圧搾機ではなく、新式のコンパクトなはずみ車と超スピードで動くクランクのついた水平式圧搾機でした。人夫がシャベルを使って粗末な木製の桶に辛抱強く糖蜜を絞りだすかわりに、高速の遠心分離器が置いてあるだけです。ほとんど人手をわずらわすことなく働いて、監督なしで驚くべき能率をあげる、この複式蒸留機や奇蹟としか見えない真空鍋をまえにすると、自分たちが何世紀にもわたってさとうきびの絞り汁を煮詰めるのに使ってきた平底鍋の原始的なジャマイカ製の装置は、いまや収集家用の骨董品にしか見えません。ドン・フリオは驚きのあまり口をあんぐりと開けて、糖蜜が数秒で指示どおりに濃縮されるのを眺めていました。一握りの氷砂糖を入れてやるだけで、巨大なシリンダーのなかで沸騰した液体が、一瞬のうちに砂糖に精製されるのです。

ドン・フリオはようやく、お偉方のためにしつらえられた遠くのひな壇の上に、ナショナル・シティ・バンクの頭取、ミスター・アーヴィングと話し込んでいるエヘンプロ製糖農園のドゥルハム社長を見つけて挨拶にいきました。と、そのとき、聞くとはなしにミスター・ドゥルハムがミスター・アーヴィングに言うのが聞こえてしまったのです。「この機械を使えば、エヘンプロは生産量を年間六万トンまであげられます。この辺りの工場全部が束になって作るよりずっと多い量ですよ」ドン・フリオは知らんふりで笑顔を作ると、ふたりのまえで立ち止まり、ミスター・ドゥルハムに向かって話しかけました。「あなた方の隣人、ドン・フリオ・フォントです、なにかお手伝いできることがありましたらと、ご挨拶に伺いました」ドゥルハム氏は誰なのかわからずに、目をぱちくりさせました。

「ああ、思いだしましたよ！」ミスター・ドゥルハムはやっとのことで答えました。「あの古今東西たぐいまれなるさとうきび畑のフリオ氏ですな！」皮肉たっぷりと、しかし挨拶だけは丁寧でした。

「気が変わられたようですな」顔見知りのミスター・アーヴィングが話を引き取ってドン・フリオに挨拶しました。「この計画をその名のとおり模範《エヘンプロ》にするためには、地元の方々の協力が必要です。カリブのためだけではありませんよ、全世界のためです」ミスター・アーヴィングはすでにお年でこめかみも白くなっていましたが、愛想がよく、無愛想な物腰のミスター・ドゥルハムとは対照的でした。


ドン・フリオは気になっている例の件を持ちだすにはまだ早すぎると思ってしばらく黙りこみ、穏やかな顔で出し物を眺めました。ひな壇の正面でバンドが全力をあげて演奏しており、海兵隊員がリズムをとって、高くあげた指揮棒をめくるめく星のように振りまわしています。アメリカ合衆国の国旗がいたるところにかけられ、楽団席の手すり代わりに張られたロープの上で蜂の羽のようにぱたぱたはためいているかと思えば、機械を飾る三色の花綱にからまり、さらに海兵隊員が招待客に愛想よくサービスしてまわるケーキや、クリームチーズのサンドイッチの上にまで型押しされていました。

「新たな侵略のように見えますな、違いますか?」ドン・フリオは人の好さそうな笑いを浮かべて、だだっ広いエンセナダ・オンダ湾のかなたにピカピカの船体を現わした巡洋艦を指さしながら、ミスター・ドゥルハムに尋ねました。鋼板で覆われた司令塔の上に、やはりおびただしい数の合衆国の国旗がはためいています。

「見える、のではなく、そのとおりですよ」ミスター・ドゥルハムは驚いたようにドン・フリオの顔を見て答えました。「まず我々はあなた方に秩序を持ってきて差しあげた。今度はわが偉大なる合衆国の進歩を持ってきたのです」

ドン・フリオは気を悪くし、シャツのなかに風を入れようと、汗にまみれた首元のネクタイを少しゆるめました。「どういう意味でしょうか? スペイン人では進歩がなかったとでも?」軽く声をいらだたせ、険しい表情でまゆをしかめました。

ミスター・アーヴィングはすでに木綿の手袋をはずしていて、暑さに顔を真っ赤にしながら、今やシルクハットのつばを扇子がわりにしていました。「怒らないでくださいよ、ドン・フリオ、怒らないで。ミスター・ドゥルハムは、アメリカ人はこの島に二〇世紀の進歩を持ってきた、と言われたのです。一九世紀の進歩は掛け値なしにあなた方のものですよ」

ドン・フリオは頷いて同意を示し、おとなしくこの言い訳を受け入れて相手に向かってまた笑顔を作りました。この数年で胸がさらに厚くなり、洋服が少しきつくなっていましたが、それがずばぬけて高い背丈をさらに高く見せています。「実際のところ、あなた方と我々とでは、ほとんど差などありませんよ」と気を取りなおしてつけ加えました。「確かにこのような国が、指導者なしでやっていけるわけがありませんからな。合衆国は偉大なる未来の国家であり、わが母なる祖国スペインは偉大なる過去の国です。だからこそ、私はエヘンプロときっぱり合意に達したいと思っているのですよ」そしてそれからミスター・ドゥルハムに向かって、フスティシアの近代化のために必要な資金を貸しつけてくれるよう、ミスター・アーヴィングを説得してくれるならば、畑の一部を売る用意があると説明したのでした。

「なにとぞご理解いただきたい。施しだろうがなんだろうが喜んで受けとるような強欲な連中と、一緒くたにして欲しくないですからな」ドン・フリオは気楽な調子で笑い、ミスター・アーヴィングとミスター・ドゥルハムを交互に見つめながらつけ加えました。「資本を食いつぶしてしまう気はありません、ミスター・ヤングに土地の一部を売るとしたら、フスティシアが将来エヘンプロと競争できるようにしてやろうというくらいの気前のよい融資を、シティ・バンクに期待するからですよ」冗談にまかせて、賛辞ともとれる皮肉な口調でくどいたのです。

ミスター・アーヴィングは啞然として、グレーの霜降りのモーニングのなかで凍りつき、ドン・フリオをじっと見つめていましたが、いきなりけたたましく笑いだしました。

「あなたの口振りではまるでミスター・ドゥルハムと私がエヘンプロの共同経営者みたいだ、私はここではなんの権限もない人間ですよ！」声を高くしてそう言うと、親しげにドン・フリオの腕を取り、銀行の任務はこの小さな島の一部の農園主を金持ちにすることではなくて、世界の進歩に貢献することなのだとつけ加えたのです。

ドン・フリオは面舵を切った戦艦よろしくまわれ右をして、巨大な体軀をミスター・アーヴィングへ向けると、目の玉が飛びださんばかりに、じっとその顔を見つめました。「なにをおっしゃりたいのです?」すでに厳戒態勢に入っていて、苦々しい声で尋ねました。「私が馬鹿か間抜けだとでも? この乱痴気騒ぎに金を出したのはあなた方だと、ここでは誰でも知っておりますぞ!」そして椅子から立ちあがってひな壇を降りると、怒りにまかせて肘で人混みをかき分けながら去っていきました。

エヘンプロ製糖農園のオープニングパーティは大成功でした。なにしろアメリカの工場主たちはたった半日で、グアマニ社交界の名門を気取る人々と知りあいになることができたのですから。しかしその翌日、二輪馬車や四輪馬車の行列が反対の方向へ向かいました。前日目にしたものに気が動転し、自分たちには拒否された融資によってあの驚くべき機械類が据えつけられたのかと思うと、怒り心頭に発して、翌朝、倒産の瀬戸際にいる圧搾機の所有者たちがみんな、開店したばかりのシティ・バンクが建つ町の広場へ向かったのです。しかしその日、グアマニの農園主たちは第二の戦略があったことを思い知らされました。銀行の赤御影石の入口のまえで、翼をたたんだ大天使のように、銃を肩から斜めにかけ、前夜娘たちを恍惚とさせた金ボタンつきのマリンブルーのウールの制服に身をかためた米国海兵隊員が、自分たちの行く手を塞いでいたのです。

告白

会いにきてくださって、ドン・エルメネヒルド、ほんとうに感謝しています、それもこんな雨降りの午後だというのに。そこいら中がひっくり返り、泣きの涙で口はもうずっとひきつったままという有様ですよ。ティティナが昨日あなたの事務所でした話は事実で、母は隣の部屋で死にかけています。しかし、父が死んだときのことを思えば、それにまるでこの世の終わりのようだったあの午後のひどい災難とくらべたら、この死は尊厳ある死のあるべき姿とは似ても似つかぬ、ゆがんだばかばかしい悪い物まねでしかないでしょう。

ええ、おっしゃるとおり、たしかに遺言状はあります。母の苦しみが終わったら、すぐにも僕自身の手で破りすてるつもりですがね。うぬぼれた女中の野望のせいで、今日フスティシアであるべき正義が行なわれないなんて、あってはならない、いや、あの女が町中に策略を張りめぐらして僕らを破滅させ、いま一度僕らの一族に汚名を着せようたって、そうはさせませんよ。

そうです、母が死んで、このやっかいな相続問題の片がつけば、すぐにもフスティシアは姉たちの舅、つまりエヘンプロの持ち主に売りわたそうと、本気で思っています。そんなに怖い目で僕を見ないでくださいよ、ドン・エルメネヒルド、非難がましく睨むのはやめてください。それでは僕はまるで裏切り者だ。気合のこもったあなたの小説、読みましたよ。どの小説でも全力をあげて祖国を守ろうとしていらっしゃる。で、お願いだ、僕を責めるまえに僕の話もひとつじっくりと聞いてください。聞いてさえもらえれば、なぜ僕がフスティシアを売るだけでなく、この家からも、この町からも、この谷からも出て、僕らにまつわる不名誉で恥ずべき噂が届かない首都で暮らしたいと思うのか、わかってもらえるはずです。

僕や姉たちがこの食堂のテーブルのまわりに座っていて、臨終の床にある母の部屋に入っていかないのは妙だと思っておられるでしょうね。あの部屋に兄嫁のグロリア・カンプルビがいるからですよ。母の死をあの女と一緒に看取るなんて、冗談じゃない。いや、だからといってなにも変わりはありません。ここに座っていたってつらいのは同じだ。部屋のなかに入らなくても、レースの枕を背にして横になった、すでに虫の息の哀れな母の姿を、天蓋つきのベッドに深く身を沈めた体の輪郭を、僕らは想像できますからね。いつも母の眠りを見守ってきた、あの彫刻がほどこされた黒光りする黒檀の柱が、静かに母を取り巻いているのが見えますよ。

目を閉じるだけで、母のベッドの脇に座ったグロリアが見えます。ナイトテーブルに肘をついて、薬瓶や使用済みの注射器、汚れた脱脂綿などがあわただしく散らかった上に太った身体でかがみ込んで、この件に最初からかかわっていたことを僕らに納得させようというんでしょう。僕が何度もそうしたように、ただ少し近づいてあの顔をそばで見るだけで、あなたにだって見てとれるはずだ。目の上にごってりと塗った墨色の染みにこめられた、使い古しの悲しみがなにを意味するか。喪中の飾りにか、わざとらしく毎日両の目の下につけるアイシャドウの藤色の影の翼の下で心を震わせながら、永遠にひとりの男の未亡人であり、世間には忘れられたもうひとりの男の思い出の忠実な守護者であると名乗っておいて、一方では空しくこの僕を求めるんですからね。疑い深く手を近づけてあの顔の、頬や額を覆う厚化粧の仮面を触ってみるだけでいい。いつも顔の両脇にぶら下がっている赤紫色のプラスチックの玉や、腰やこめかみにまきつけたくしゃくしゃで埃だらけのしおれた花、ときどき両の乳房の谷間に無造作に差し込んである、薄汚れた絹の房飾りを指先で触れてみるだけで、あの女が狂っているのがわかるでしょう、完全に頭がおかしくなっていることが。くり返しますが、近づいてみるだけでいい、この世のどんな法廷で裁かれようと、今、グロリアがフスティシアを相続することなどありえないと、理解していただけるはずです。

姉たちと僕がここに集まってからおよそ一二時間になります、ドン・エルメネヒルド、この同じ食卓のまわりに。全員が、といってももちろん、かわいそうにもう何年もまえから母がイタリアから取りよせた天使の翼の下で眠っている、ニコラスをのぞく全員ということですがね。ニコラスは巻き毛を埃まみれにして、いまなお波の上に飛びたとうと、グアマニの海岸にある墓地の塀から永遠に頭をもたげ続けていますよ。僕らは五人して正式の通夜に必要な手続きをすべてやり終えました。誤字のないように死亡広告を作り、遺体を墓地まで運ぶ霊柩車を予約し、われらが気高い母上、ドニャ・ラウラの棺を立派に飾りつけるために、銀ラメの布地と白い蘭も注文してあります。今やあなたも来てくださった。僕らを助けて、この巨大な家の陰気な重みをともに担ってくださろうというんですね。

父の死は恐ろしい教訓になりました、ドン・エルメネヒルド。僕らの死者への愛は、氷山のように、僕らの恨みの大きさで計るしかない。表面的にはすべてうまくいって、静かな海を順調に航海しているというのに、時がたつにつれて、愛する死者の手によってこうむった侮辱の記憶がだんだんと溜まっていき、計り知れない意識の底でひとつまたひとつとくっつきあって、濁ったどうしようもない澱のようになるんです。それで僕らは慎みからか、敬意をこめてか、彼らには口をつぐんで決して言わなかったことを考えはじめる。すると真実が心の底でたぎりはじめて、憎しみがゆっくり膿のかたまりとなり、あるいは傷となって、愛を致命的に化膿させていくんです。それならば、生きている者たちは死んだ者たちを遠ざけて、忘却のかなたへ追いやることから始めなければならない。優しく横に押しやって、僕らを沈没させようとする鉄の抱擁を、力ずくではねのけなければ。彼らが悲痛な歯ぎしりをしようとも、です。死者が生きられるのは僕らの記憶のくぼみのなかだけですからね、ドン・エルメネヒルド、僕らが頭に思い浮かべるからこそ、それを糧として彼らは呼吸しているんです。僕らはみんな、そうやって意識のなかの秘密の戸棚に、大勢の死者をしまっています。存命中、僕らはあんなに友人や知人たちを愛したのに、彼らは僕らを愛そうとはしてくれなかった。ねたみゆえか、不信感からか、いつだって僕らの愛撫を拒み、彼らを愛しまた彼らに愛されたいという望みをはねつけてきたんです。これらの愛しき死者たちを忘れ、彼らを思い出の棚にのせて、無防備にじっと僕らを眺めるだけの、おがくずとぼろ綿でできた人形の姿にしておくのは、悲しくともそう難しいことではない。が、死者が身近な人間だった場合は、ドン・エルメネヒルド、父や兄の場合は、たとえば眠れない夜、彼らにふと出くわしてしまうときの苦痛はずっと深く、引きずり込まれる恐怖すら覚えるほどだ。今の僕がそれです。五年まえに兄が死んでからというもの、僕は地獄で生きてきた。一一ヶ月後に父が死んでからは、僕のまわりで燃える地獄の炎の輪はさらに激しくなった。父も兄も絶対に僕を愛そうとはしてくれない。今度は僕の番だ、遺言状を破り、フスティシアを義兄たちに売り渡し、僕もまた死者を愛することをやめて、思い出を一気に永遠のかなたに葬りさることにします。

グロリアと最初に知りあったのはこの僕で、もう十年以上もまえ、首都の大学で農学を勉強していたときです。ニコラスはフランスで哲学と文学をやっていた。長男で、いずれはフスティシア製糖農園の経営者となる身、大西洋のこちら側ではそれにふさわしい教育はできないと両親は考えたわけです。母は必要とあればためらわず、自分の宝石類を質に入れて兄にチャンスを与えました。分別ある次男坊として、僕は地元の大学で農業を学ぶことになっていた。一族の名誉にも飾りにもならないが、農園の経営には必要な知識だろうというわけでね。この教育上の差別は、当時の僕にとってたいした問題ではなかった。僕はいつだって現実的な人間です、ドン・エルメネヒルド、能力のある人間が生き残るという理論の信奉者だ。だからこそ僕はご近所の有力者、エヘンプロの農園主とも親しくつきあってきたんです。僕らには必要ない境界線に隣りあう荒地を譲り渡し、彼らに手羽を食べさせて、そのおかげで僕らはこの数年間、腿肉を食べつづけることができた。ニコラスがカントやヘーゲルやニーチェを学び、黒の正装でシャンゼリゼ大通りをそぞろ歩いていたときに、僕は首都の大学でなまりのない英語の話し方を学び、効率的に土地を耕すために必要な知識の習得に没頭していたんです。厳しい生活だった。安宿に下宿して、ランプの灯で勉強し、本代と食費を浮かして捻出したわずかばかりの金をクッキーの缶底に貯めて、使い込んでしまわないように、缶には赤字で大きく「Vade Retro サタンよ、引きさがれ」という金言を書きつけておいたものです。

　あの逆境は、僕をだめにするどころか、ますます強くたくましくしましたよ。僕のものでもあるこの苗字のためなら、しかもフスティシアの将来がかかっているとあれば、僕はどんな犠牲もいとわなかった。母が死ねば、農園の未来は、はっきり言って僕にかかってくると思ったからで、それは間違っていなかった。この六年間フスティシアを破産させずに護ってきたのはこの僕です。よくご存じのように、エヘンプロ製のスノー・ホワイト印の砂糖なら一〇〇ポンドで一五セントなのに、三〇セントもする僕らのダイアモンド・ダストを買う者などいやしません。何世紀にもわたって、人夫たちが忍耐強く手をかけて作りあげてきた僕らの砂糖は、もうずいぶんまえから贅沢品になってしまっているんです。秘密は大学のときに学びました。機械化すること、アメリカ人と友達になること、経済効率を優先すること。そのために僕は英語をやって、あの下品で野蛮な言葉で新しい技術用語はすべて言えるように覚え込み、ついには英語で夢を見るようになるまで怠りなく努力したんです。

　そのころ、学業への強い関心に加えて僕を幸せにしたのは、行きずりの人々が足を止めるほどの混血美人《ムラータ》、グロリア・カンプルビと知りあったことです。当時の彼女は気ままなもので、まだなにがしたいのかわからず、将来のことも考えてはいなかった。グアマニ郊外の生まれで、貧しく、看護婦になるための勉強に日々を費やしながら、むさ苦しい下宿の、僕の隣の部屋を借りて、両親が遺したわずかなドルを支払いにあてていました。しかし、僕と知りあってから彼女の生活は変わった。ことわざにあるように、好きで選んだ疥癬はかゆくない、たとえかゆくても痛くないというわけで、僕に惚れ込むと一夜のうちに変身し、僕の気まぐれに一喜一憂して言いなりになる、しつけのよい上品な娘になったんです。三人の姉たちはエヘンプロの経営者の息子たちと盛大な結婚式を済ませたあとで、マルガリータはサンタクルスの実力者、ドン・アウグスト・アルスアガと結婚していました。それで家は空っぽ、ニコラスはまだヨーロッパ留学から戻っていなかったし、母はまったくのひとりぼっちだった。若く、しつけがよくて明るい、そして格の低い家柄の出の娘を、病気の父の看病の手助けに雇うには、絶好のタイミングだったんです。

グロリアが来て最初の六ヶ月は、僕の人生でもっとも幸福な時期だった。彼女が家族に加わって、海に張りだしたバルコニーをはじめて歩きまわったり、雨が降るたびに家の四隅から勢いよく水を噴きだす樋の下で、はじめて裸で水浴びをしたりすると、たちまち家族の雰囲気が、僕らが呼吸している家の空気が変わったからです。母は大満足、グロリアに花を生けるように頼んだり、ホルヘ・イサクスの小説『マリア』を大きな声で朗読してもらっては、よく大笑いしていたものですよ。あのセンチメンタリズム、香をたきこめて魔除けにした三つ編みの髪や手紙にはさんだ押し花は、陳腐でばかばかしい病的なロマンチシズムの産物で、だからエフライン——母はいつも僕に模範にせよ、と言っていましたがね——は容赦なく破滅させられたんだといって。父はふたりから手本のような忍耐強さで看病してもらい、ついには姉たちの結婚のせいでフスティシアが消滅してしまう危険があることを忘れ、食欲が戻って機嫌もよくなりました。そのころ、医者から動脈硬化症と診断され、血管が徐々に塩でできた木のように硬化していくと言われたのですが、あまり気にしていないようでしたね。

分別ある次男坊として、僕は家族のために一日中、身を粉にして働いて、それでも不満はなかった。夜はいつも僕のもので、僕が彼女となにをしようと誰も気にしませんでしたからね。家中の灯が消え、老いぼれた雄鶏と雌鶏が止まり木に登ったころ、ひそかに地下室におりていっては、持っていた秘密の鍵でグロリアの部屋の扉を開けたものです。夜ごと味わったあの至福のおかげで、僕は自分を乗り越え、自信を持てるようになった。気がついてみれば、馬の交配や、分娩中の雌牛の子宮に自分の腕を肘まで突っ込むことは言うにおよばず、ふしくれだった手を外套のポケットに隠し、義兄との関係を利用して、アメリカ人の銀行家に融資の前倒しを頼んだりできるようになっていました。金のこととなると血縁も過去のしがらみも役にたたないのを知りましたよ。人夫たちのなかでも、とくにやる気のない者の多くは父の私生児だったんですが、彼らは鷲鼻に雄牛のような首、樽のような胸という体型のおかげで、容易に見わけがついたんで、みんなお払い箱にし、僕は大きくてやっかいな父の一族からも解放された。こうして少しずつ、フスティシア機械化の夢を実現させることができたんです。節約して貯めた金でトラクターや発電機を買い、真空鍋など渓谷一帯で羨望の的だった。農園の生産量はすぐ倍になり、内臓に出血を引きおこす穿孔性の潰瘍のようだった負債も、少しずつ減りはじめました。ただ当時、ひとつだけ、僕の幸福に影を落とすものがあった。いくら妻になってくれと頼んでも、グロリアはいつもきっぱりとそれを断わるんです。

同じ年のクリスマスイヴの前日に、やっとニコラスが家に帰ってきました。元どおりの生活に戻るのに二週間とはかからなかった。実際、ティティナがあなたに話した彼の熱狂的な平等主義はとりたてて新しいものではないんです。子供のころからいつも英雄コンプレックスを持っていましたからね。子供の時分、クリスマスの季節にはいつも使用人たちのために劇をやるんですが、ニコラスはきまって王子のミシュキン役を取り、僕は現実的なロゴジンの役を選んだものです。ヨーロッパから帰ると、最近になって樹の上から降りてきて、いやいや僕らの土地を耕している野蛮人どもの歓心を買おうと決心し、土地の分配や家の建設に着手して、上水道や、はては電灯の恩恵にまであずからせようと力を傾けていましたよ。

しかしニコラスは、熟した果実が偶然木から落ちるように、これらのものをほんとうにただでプレゼントしたわけじゃない。この恩恵には、農園の卑しい労働者が決して承知したわけではない高い代償があったんです。僕がついにそれを突きとめ、ニコラスの秘密を知ったのは、ドン・エルメネヒルド、数ヶ月後のことでした。ある日、農園を見まわっていると、ニコラスが外国に出発するまえ、人夫たちが彼に向かって口癖のように言っていた、あの同じせりふを聞いたんです。「昔あんたは七色美人、それが今では疫病神」ヨーロッパで勉学に励んだ数年のあいだに、ニコラスも以前の習慣を改めて、あの恐ろしい悪癖は克服したと思っていたのに、すぐにそうでなかったことがわかった。「疫病神」、そうです、人夫たちがデ・ラ・バジェ家の王子たる嫡男にたてまつったあだ名です。救い主、つまり街の偉大なる救世主を気取りながら、その仮面の下に同性愛の常習者が隠れていたというわけですよ。一方では貧乏人に土地やらほったて小屋やらを贈呈し、他方ではすべての連中と寝ていた、全員とやっていたんです。草刈りに雇われた人夫や収穫に雇われた連中と、自家用車やバスの運転手と、パン焼き職人や鋳掛屋、はたまたクレーン修理工や日雇い労働者と。

農園にいた男どもすべて、見かけのよいのも悪いのも、彼のまえでひざまずいて哀れみを乞うか、怖くていいなりになるかだった。毎日家に一片のパンを持って帰れるかどうか、それはニコラス次第であることを知っていたから、あえて反抗する気にもならなかったんでしょう。父は例によってなにも気づかず、帰国して二ヶ月でニコラスを農園主の座につけました。

ニコラスがグロリアと結婚するかもしれないという知らせは一大ショックだった、ドン・エルメネヒルド、心臓にぐさりときましたよ。グロリアは自分では一度もその話をしなかった。僕にそう言ったのはニコラスです。母はだんだんと負担が増える父の看病に疲れ切っていて、もしグロリアが出ていって、ひとりで大変な病人の世話をしなければならなくなったらどうしよう、と恐れていましたからね、都合のよい解決策として、この結婚話にすがりついたんです。ニコラスは僕のまえでこの茶番劇を正当化しようとした。「かわいそうな母さんが考えた、気違いじみた無謀な企てなんだよ」家の廊下で偶然出くわしたとき、おびえた顔をしてそう僕に言いました。白い綾織りの背広を着て、絶望的だと言わんばかりに腕を高くあげ、まるで無防備な鷺のように、僕のまえで振ってみせましてね。

最初、僕は混乱しました。兄が、あの種なし野郎が、僕が二年かかっても手に入れられなかったグロリアを手に入れるなんて！　しかしニコラスが以前のままであるならば、あの結婚に僕が焼き餅をやく必要などなかった。その晩、グロリアと話をし、僕は苦しみの聖杯を辛抱強く慎重に澱まで飲みほそうと心を決めたんです。「ニコラスと結婚するんだって？」しばらくしてから僕は彼女の黒い、絹のような秘所の丘にやさしく手を置いて尋ねました。「これはゴルゴタの丘の入口、僕のオリーブ山への第一歩だ。君が脚のあいだにレジスターを持っているなんて思いもしなかったよ」グロリアは素っ裸で僕の膝の上に座っていた。たった今、鉄製の粗末なベッドの上で愛を交わしたばかりだったんです。僕の言い分に、彼女は涙が出るほど笑いこけたものです。「ほんとうね、これはあたしのレジスターだわ。でもこれに開けゴマと言えるのはあなただけよ」笑いがおさまると、グロリアは僕に向かってそう言い、僕を愛撫し、何度となくキスをして、農園の人夫たちのあいだで、あの哀れな羽ぼうきの使い初めをしたばかりの気の毒なオカマに、ばかげた焼き餅をやいたといって僕を責めました。

その後、やっとの思いで母にこの話を持ちだしたときの、母との会話はもっと不愉快なものだった。あなたもよくご存じのように、ドン・エルメネヒルド、この家では、母の同意がなければ草一本動かない、母が鉄の統制をしいて、ここの住人の運命を決めているからですよ。あのときはしかし、あの結婚が僕の人生にどんな影響をおよぼすか不安だったので、母と対決する決心をしたんです。「グロリアとニコラスを結婚させたら」と、僕は母に言いました。「いつかきっと後悔するよ。僕らは母さんがいつも思っているような、繁殖や荷役専用の家畜じゃないんだからね」母はいつものように事務室で、農園の支出と収入を会計帳簿のそれぞれの欄に書き写していたところでしたが、一瞬、話が聞こえなかったのかと僕は思った。母の手はまるで鉄でできた関節のように、帳簿のます目の上をなめらかに動きつづけていましたからね。「なぜ文句があるの」僕の方を見てもくれずに母は答えました。「正式な妻にすれば、あんただって大変なお金がかかるでしょ。それはフスティシアにとっても損害だわ。こうすれば、ニコラスはあんたのために彼女を確保できるし、父さんと母さんが死ぬまで、家族みんなで彼女に世話してもらえるじゃないの」

それから、驚くべき冷静さでペンをインク壺の横に置くと、くどくどとこの便宜的な結婚の契約条項を説明しはじめた。ニコラスはグロリアに手を触れないことを約束する、結婚は厳密に父が病気でいるあいだ、つまり母が看護婦の手助けを必要とするあいだ継続し、父が他界したときに解消する、そして、グロリアはしかるべき報酬を受けとって町から出ていく、とね。母の言葉で僕は安心しました、ドン・エルメネヒルド、完全に、というわけではありませんでしたが。

一ヶ月後、僕は結婚式に出席したばかりでなく、兄と僕自身の恋人との介添人の役まで務めました。式の間中、グロリアは一瞬たりとも僕から目を離さなかった。ニコラスがグロリアの指に指輪をはめたとき、彼女が広げた掌の上に結納の金の粒が載せられたとき、そしてシャンペンで乾杯の音頭をとり、末代までの繁栄と末永い幸せを祈る僕の声を聞きながら、彼女の瞳はベールの下で赤くおこった炭火のように燃えたち、まるで僕を焼きつくそうとしているかのようだった。

式は母が指示したとおり、まったく内輪でやりました。出席したのは、母とニコラス、それに神父さんと僕だけで、花嫁も簡素なスーツ姿です。姉たちがエヘンプロの息子たちと結婚したときとは違って、衣装やテーブルクロス、食器などにお金を使うわけにはいかなかったんですよ。甘やかされっぱなしの息子だったニコラスに、父は結婚の玩具として銀色のセスナ機をプレゼントしました。

グロリアは生活も習慣もなにひとつ変えなかった。結婚式の日の朝は父と過ごし、障害者用のベッドの上で父の体を清めたあと、午後は母の秘書役を務めて、夜はいつものように地下室の彼女の部屋で僕と過ごしたんです。ニコラスの妻であるという思いが、僕の欲望に再び火をつけ、その夜、僕らはそれまでになかったほど激しく愛を交わしました。あまりにも幸せだったので罪悪感を覚えたほどだった。フスティシアの経営者というごたいそうな肩書きにもかかわらず、なんの権限も持たず、グロリアに対してもなにもできない兄に、いらぬ同情心さえ抱いたものです。

それから三ヶ月とはたっていなかったでしょう。このテーブルでニコラスに向かいあって座り、朝食をとっていたとき、これはすべて茶番劇以上のなにかだ、僕が兄を生け贄にしたのではない、生け贄になったのは僕ではないか、という疑いが頭をもたげました。ニコラスは元気がなく、結婚式が終わっていくらもしないうちから、一日中自分の部屋に閉じこもって飲みつづけるようになっていて、まるで鬱状態、着替えや髭剃りを忘れるのはしょっちゅうだった。「ニュースがあるよ」そう口にしたニコラスの、カップにコーヒーを注ぐその手元が、かすかに震えているのに僕は気がついた。とげのある笑いを浮かべ、顔には意地の悪い満足そうな表情を浮かべていました。「僕におめでとうと言ってくれ、僕も君にもおめでとうと言うよ、グロリアが妊娠しているんだ」

僕もコーヒーを注ぐために立ちあがったところでしたが、座り直さなければならなかった。ニコラスは僕が真っ青になったのに驚いて、椅子から立ちあがると、戸棚からブランディの瓶を取ってきました。口がねばねばするのを感じながら、僕が一体どういう意味なのかと尋ねると、「彼女のことは忘れるんだな」と、僕にも一杯注いでくれながら兄は言ったものです。「この先あの女に手を触れてはならん。父さんはお腹の子は自分のだ、と言っている」もう少しで兄を殺すところだった。少なくともあの王子さま然とした顔を百回は殴ってやりたかった。このあと兄は、欠けた歯のすきまから、唇の先にのぞく血だらけの舌で、とぎれとぎれに真相を告白しました。グロリアは僕が農園の見まわりにでたあと、毎朝、父と寝ていたのだと。

この告白から六ヶ月後、ニコラスは、セントラル山脈の峰の上にあたかも火薬を積んだように重なりあう雲に機首を向けて飛びたち、二度と帰ってこなかった。ニコラスの死はお好きなように解釈なさって結構です、ドン・エルメネヒルド。それ以上生きつづけ、自分の妻が、父の息子にして弟の孫であり、弟の愛人の息子であると同時に弟の弟であって、自分の息子かつ自分の弟にして同時に甥でもある、あの化け物を産むところに立ち会う勇気がなかったのか、それとも、フスティシア製糖農園の人夫たちに処刑されたのか。

ニコラスの死後、腹に巣くった蛇だか蜥蜴だか、両生類の子を産んで、グロリアは母と一緒に生活することになりました。それはおもてむき母の面倒を見、父の看病を続けるためと称して、実は自分の苦しみを堪能するためだった。しばらくして父は死にましたが、遺言状にはグロリアとニコラシートに触れる部分はまったくありませんでした。アメリカ人を恨みに思うあまり分別をなくし、不公平にも姉たちにはなにも相続させず、僕を唯一の相続人としたんです。母は断固として尊大な態度をくずさず、競争相手の僕に対して、決して事実を認めようとしなかった。平然としてこれまでどおりの生活を続け、七ヶ所に錠をおろして家に閉じこもり、朝から晩まで帳簿に向かって仕事をしていましたよ。グロリアはあっというまに三人の熱情的な愛人を失って孤独に耐えきれず、数年まえから町の酒場で売春婦をやっています。

だからこそ、ドン・エルメネヒルド、母は今、僕ら全員の相続権を奪おうとしているんです。もしグロリアが、町の売春婦が財産を相続したとあれば、グアマニ中の大スキャンダルとなって、二十四時間以内にアメリカ資本の銀行はすべてフスティシアへの貸つけを差し止めるにちがいない。父に対する恨みは氷山のように大きく、自分の子供たちのことは完全に忘れてしまっていて、僕らがいることすら念頭にありません。今この瞬間、母が心から願い、もっとも深く望んでいることは、ドン・エルメネヒルド、フスティシア製糖農園が破産してこの地球上から永遠に消えてなくなることなんです。

僕の話の意味がこれでよくお解りでしょう、ドン・エルメネヒルド、僕がなぜフスティシアをエヘンプロのオーナーである義兄たちに売る決心をしたか。いずれにしても我々はすでにひとつのファミリーだ。これでフスティシアが消えてなくなることはないはず、むしろ彼らの傘下でしっかりした経営のもとに発展していくということです。僕にとっては恥辱であり、不名誉なことはなはだしい、この町に残ることはどうしてもできない。忘れてしまいたい、頭から追いはらってしまいたいんですよ、フスティシアだけでなく、その思い出もすっかり。この呪われた農園に僕はさんざん苦しめられてきたんですから。

アリスティデスが明るみに引きずりだしたフスティシアの行く末は、私の心をずたずたにした。あれほど苦労して風と潮に逆らって泳いだあげくが、たどり着いた海辺で死んでしまうとは。堕落したニコラスのイメージと、病と失望から破滅に追いやられたウバルディノのイメージは、私を打ちのめす。アリスティデスが話し終えたとき、私は涙が噴きださないように目を閉じなければならなかった。あの話は私に泥をぬり、私をも、もっとも恥ずべき破廉恥な行為の共犯者にするものだ。私は断固として信じることを拒否した。

奪回

ウバルディノ・デ・ラ・バジェの人生においてもっとも輝かしかった瞬間、市民としてのクライマックスは、フスティシア製糖農園をエヘンプロ製糖農園の魔手から奪回したときだった。当時、我々は大学を卒業したばかりで、ふたりとも統一党の党員になっていた。同じ目標、同じ夢がふたりを結びつけていた。自分たちの星、自分たちの明けの明星が、祖国の旗がはためく不朽の天空に向かって輝くのを見るという夢だ。もう何年も、二十年ほどもまえから言われてきたことだが、この島はいわくつきのゴールデンボールとして、ワシントンの政争の場で政治家から政治家へ渡されてきた。ミスター・アレンやミスター・ブルック、あるいはミスター・イェガーが、アカンサスのフォートビバリーの国境にいたインディアンどもを絶滅に追いやったり、裏切り者のアイオワ州で民主党に投票するようにし向けたりすると、米国大統領がそれを恩に着て、見返りとして島がこっちからあっちへ飛んでいくというわけだ。

ウバルディノは当時上院議員に立候補したばかりで、私はナシオン紙の記者だったから、彼を追いかけてどこへでも行った。私にとってこの冒険はなんら驚くべきものではなかった、というのも私の父は町でもっとも進歩的なナシオン紙の社主で、家族は伝統的に自由主義者だったからだ。しかし、ウバルディノはデ・ラ・バジェ家の人間で、家族はつねに保守主義者だった。私は最初、彼の名字は当選の可能性を低くするのではないかと考えた。ここ数年の砂糖のにわか景気で、北米資本の銀行家たちがやっと地元の製糖農園にも融資を解禁したので、彼らは破産して死滅するのをまぬがれ、結果としてほとんど全員が共和党員になって、無条件で北米と同盟し、同化政策を支持していたからだ。彼らにとってウバルディノは裏切り者だった。

この停戦で地元の農園主たちは高い代償を支払うことになった。融資のおかげで農園の経営は続けられ、さとうきびの圧搾まではできたが、砂糖の精製は全部エヘンプロの巨大な遠心分離器でやるはめに陥ったのだ。結果として、地元の製糖農園は独立した農園ではなくなり、その多くがただの衛星農園、巨大農園に寄生するけちな生産物集積地になりさがってしまった。そんななかで、グアマニの人々は、外国企業に色目を使い、そのお先棒をかついでいるとして、農園主たちと共和党を侮蔑の眼差しで眺めるようになり、一方、独立を主張するウバルディノには共感を寄せるようになっていった。

ただひとつ、ウバルディノの政治家としての未来に影を落とすものがあった。母親が亡くなったとき、父親は彼を相続人からはずし、フスティシア製糖農園の相続権は二度目の妻、ドニャ・ロサ・フォントが産んだ子供たちに渡していた。ウバルディノの養育にあたったのは大叔母たちで、それ故、わが友はいってみれば領地を持たないプリンス、指導者や著名人を輩出する家系の、落ちぶれた末裔だったのだ。あるとき、ウバルディノ自身が、あの忌まわしい出来事の顚末を私に語ってくれたことがある。まだ子供だったころ、大叔母のドニャ・エミリアとドニャ・エステファナが、農園までウバルディノを連れにやってきたときの話だ。父親は反対するどころか、老女たちが彼を町へ連れていくことを即座に承知した。「なんてったって、この子はれっきとしたデ・ラ・バジェ家の一員ですからな」と、父親は姉妹の頼みに安堵のため息をつくと言ったのだ。「あなた方のお好きなように教育し、仕込んでくださって結構、だが今後、私のところに面倒を持ち込むのはお断りですぞ」

そのとき、ウバルディノは家の階段の途中で、父に別れの挨拶をしようとしていたところだったが、この発言は大目に見た。自分が母親そっくりで、あまりに亡き妻を思いださせるから、しばらく手元から離しておきたいのだろう、と思ったのだ。絶対に許せなかったのはそのあとの言葉だった。「これで決定だ、後戻りはなしだぞ」息子を抱こうとかがみ込みながら父親は言った。「突き放してこそ、子供は大人になるんだ。おまえがフスティシアを相続することはまあないだろうが、これからもドン・フリオ・フォントの息子であることに変わりはない」

ウバルディノは車に乗りこもうとしているときに、母親のものだった彫金の小箱を手渡された。「ドニャ・エルビラ・デ・ラ・バジェの宝石だ」とさも寛大な口調で父は言った。「死ぬときにおまえに遺した唯一の財産だ、賢く、慎重に使うように」

こうして、デ・ラ・バジェ家の人間は自分の領地から追いだされたと世間で噂されないように、とってつけたように遺言状に記した僅かばかりの株を除いて、フスティシア製糖農園のほとんどは、ドン・フリオのほかの息子たちが相続してしまった。

　フスティシア奪回の日の前日、カフェ・ラ・パルマで冷たいビールを一杯やっていたところに、友人が広場を通ってこちらに来るのが見えた。このカフェは我々の気に入りの場所で、よく来ては自分たちの理想や夢を語りあっていたのだ。米国人が入ってきてから、グアマニ政府に付属するすべての官庁では、整頓だ清潔だとやっきになっていたが、ここはもとのままで、バスの運転手の怒鳴り声や、のみだらけの雑種の犬たち、カテドラルの入口の柱の陰で新聞紙をかぶって寝ている乞食までが、我々の気持ちを和ませてくれた。通りに降りそそぐ凶暴な日差しを避けながら、私は隣に座るように友人に合図を送った。ウバルディノは店から歩道に張りだした縞模様のひさしの陰に座り、紫色のハンカチを取りだして頬をつたって流れる汗を拭った。

「ニュースがあるぞ！」私は興奮して言った。「今朝、君の弟たちがエヘンプロのドゥルハム社長に会いに行ったよ。一万ドルのオプションでフスティシアの売買契約にサインしたばかりだ。エヘンプロは二四時間以内にフスティシアを買収できるということだ」

　ウバルディノは仰天して私を見ると、尋ねた。「確かだろうな？」

「もちろん確かさ。僕自身が今、新聞記事を書いてきたところだよ。「グアマニ最後の地元農園、外国人の手に」「近代化の模範《エヘンプロ》、昔の正義《フスティシア》に勝つ」というのが朝刊の見だしだ。朝になったら、ニュースはあっというまに町中に広まるだろうな」

「グアマニの自尊心も吹っ飛ぶだろう」

「それだけじゃないさ、すごいスキャンダルになるはずだよ、君」

「全部を買収したと言っているのか？　製糖所、屋敷、土地すべて含めてその値段で？」

私はこの売却が我々の政治運動へ与える宣伝効果を考えていた。「売り払った」農園主に対する敵意をさらにかきたてることになるだろう。ウバルディノも私の意見に賛成なのはあきらかだった。彼は歓喜に目を輝かせて私を見た。腕も首も頬も、全身が喜びで今にもはち切れそうになっていた。

「全部かって？　もちろん全部買ったさ。合意価格は三万ドルということだ」

「今度は連中もしくじったな、おい」彼は笑いながら私に向かって言った。「よき狩人のもとにはウサギが飛び込む、だが今度という今度、エヘンプロのオーナーどもはライオンを逃がしてしまったぞ。フスティシアは少なくとも十倍の価値があるはずだ」

翌日、取引の正確な時間を知っていたので、我々ふたりは警戒怠りないエヘンプロ製糖農園の境界線を越えた。まだ夜明けには間があり、暗闇のなかでお互いの顔を見わけることも難しかった。ウバルディノは満足していた。口笛を吹きながら、なかに入れてあるものが無事かどうか確認するように、ときどき軍服の上着のポケットに手をやった。なかにはフスティシアの株券が入っているのだろうと私は思った。前日の話しあいで、選挙運動への影響を考えると、株は売ってしまった方がよいだろうという結論を出していたからだ。彼の弟たちもエヘンプロの社主と同様、世間からぼろくそに言われるに決まっているから、この件に関わっていると思われない方がよかった。

「株を売るのはよせ」薄暗がりのなかで、前日の議論を後悔しながら、突然、私は言った。「車を戻して、ひとまず家へ帰ろう」

ウバルディノはなんのことかわからずに私を見た。独り言だと思ったのだろう。「なにを売るのをよすんだって?」彼は車のスピードを緩めながら言った。

「君のフスティシアの株だよ、たとえわずかだとしても、売るのはよせ。君がエヘンプロの少額株主だと気がつく人間などいやしない。エヘンプロの奴らにしてもしばらくは気がつかないかもしれない。そのうちに値があがるだろうから、そうしたら望みどおりの金額で売ればいい」

「君、その話は忘れてくれ」ウバルディノは言った。「今日から先、共和党の候補者に勝ち目はないんだよ」

農園内に作られた町に着いたとき、あたりはまだ暗かった。右手にある舗装のない小さな広場のまわりに、郵便局や留置所、銀行など、すべて一九世紀のアメリカンスタイルで建てられた、煉瓦造りの建物のシルエットが見わけられた。暗がりで綱がパイプを叩く音がして、左手に旗を掲げるポールがあることがわかる。ウバルディノはミスター・ドゥルハムのオフィスの横におんぼろのポンティアックを停めて待った。

夜が明けはじめたころ、ウバルディノの異母弟たちがドニャ・ロサ・フォントにつき添われてやってくるのが見えた。私は別のイメージを抱いていたから、彼らを見て、奇異な感じがした。あるいは幻滅したとでもいうか。服装も靴もみすぼらしく、破産した農園主の息子というよりは、むしろ人夫のように見えたのだ。彼らはドニャ・ロサを気遣ってまわりをかため、手を貸して小広場を横切ると、ゆっくりとミスター・ドゥルハムのオフィスの方へ歩いていった。ウバルディノはハンドルのうしろに頭を隠して彼らをやりすごした。しばらくすると、通りの反対側からミスター・ドゥルハムの黒のパッカードが近づいてくるのが見えた。社長はエヘンプロの顧問弁護士、ミスター・アーサーと一緒だった。

我々がオフィスに入ると、ドン・フリオの息子たちは窓を背にして立ち、ミスター・ドゥルハムはテーブルの上に書類を一枚一枚置いているところだった。彼らはゆっくりと振り返り、我々を見ていぶかしそうな顔をした。ドニャ・ロサだけはウバルディノをじっと見つめていたが、やがてくったくのない笑いがその唇に広がった。

「あなたなのね、坊や、会えてよかったわ」そう言うと椅子から立ちあがり、履き慣れていないとはっきりわかるハイヒールの上で太った体をゆすりながら、こちらにやってきて、汗に濡れた柔らかい手を友人の顔にあて、両の頬にキスしようと身体を傾けた。

弟たちはウバルディノと握手し、挨拶を交わした。彼らはまた彼に会えて嬉しそうだったが、私はウバルディノが落ち着きをなくしはじめたのに気がついた。おだやかな目つきでずっとほほえんでいる弟たちの様子に、なにか試されているような気がして、罪の意識を感じたのだ。

「調子はどうです?」ウバルディノはひとりひとりの肩をたたきながら言った。「こちらはご覧のとおり、うまくいってますよ」

それから部屋の真ん中へ進みでて、ミスター・ドゥルハムとミスター・アーサーにとってつけたような挨拶をした。ウバルディノを見ると、ふたりともとっさに驚きを隠した。グアマニに住むほかの人々と同じように、彼らも、ドン・フリオとドニャ・ロサの内縁関係に根を持つフォント家とデ・ラ・バジェ家の確執は知っていて、なぜウバルディノがフスティシアの売却をかぎつけたのか、わからなかったからだ。

「家族の再会を祝わねばなりませんな」ミスター・ドゥルハムは愛想よく笑いながらそこにいた人々に椅子をすすめた。「このような和解はめったにあるものじゃない、少なくとも乾杯する価値はありますよ。いずれこのエルメネヒルド・マルティネス青年がナシオン紙で記事にするでしょうがね」

彼は事務机の引きだしからマーテルのボトルと数個のグラスを取りだし、気前よくコニャックを一杯ずつふるまった。

「少し大げさかもしれないが」と、ミスター・ドゥルハムは鷹揚につけ加えた。「これは朝早くても、飲む価値がある」

全員がグラスを空にし、気まずい沈黙が流れた。ウバルディノは額の上で帽子のつばをピンと折り、嘲笑的な笑いを浮かべた。

「今なら、ミスター・ドゥルハムの寛大なお計らいで、みなさん全員、首都までお祝いに行けますな」彼はふざけた口調で弟たちに話しかけた。

ミスター・ドゥルハムは疑わしそうに頭をふると、「お聞きになっていないんですか？　私の盟友であるナショナル・シティ・バンクの頭取にドン・フリオがしていた借金を返さねばならんのですから、祝うほどの金が残るとは思えませんよ。ドニャ・ロサは私の忠告を聞こうとはせずに」と言って、ウバルディノに片目をつぶってみせた。「約束を死者とともに永遠の眠りにつかせるおつもりはないようで」

ドニャ・ロサは青ざめた。少し前屈みになり、頑固に床を見つめながら、椅子の上で黒い服に包まれたその巨体をゆすった。

「あたしはドニャ・ロサ・フォントです」と口を切った。「ドン・フリオ・フォントの未亡人です。坊やがここに自分の分も売りにきたのかどうか、あたしは知りません。でもあたしらにとっては、死者への中傷をきれいに洗い流すことが大事なんです」

その言葉には、まるで彼女が実際にドン・フリオの正式な妻であり、苗字の所有者でもあるかのような驚くべき確信がこもっていた。そのとき、私はウバルディノが汗ばんでいるのに気がついた。彼はすでに心を決めている様子で、グラスをテーブルの上に置いた。

「僕がここに来たのは売るためではありません、買うためです」彼は言った。

オフィスは静まりかえり、突然、天井の扇風機がまるで巨大な昆虫のような羽音をたてはじめた。私は信じられない思いでウバルディノを見、胸のなかでウサギが暴走でもはじめたみたいに心臓がどきどきした。この売却を妨害すれば、米国人どもは報復措置をとるだろう、我々の運動にとって致命的な打撃になる恐れがある。ウバルディノは、父親とドニャ・ロサが内縁関係にあったことを想像以上に深く受けとめ、自尊心を傷つけて、すべてを捨てる決心をしたのだと私は思った。

「フスティシアをお買いになる?」ミスター・アーサーが神経質そうにほほえんで尋ねた。「それで、どの金で? 私どもがドニャ・ロサと弟さんたちと交わしたオプションを上まわる額といえば、三万ドル以上必要になりますよ」

「少なくとも二〇万ドルは必要でしょう」ミスター・ドゥルハムが訂正した。「これが私どものオプションの売却価格です、ただし、売ると決めたら、の話ですが」

ミスター・ドゥルハムが話をしているあいだに、ミスター・アーサーは鞄から束になった新札を取りだして、ドニャ・ロサの目のまえに置いてあった、サイン用の書類の横に並べた。

「もしあなたもお手持ちの二、三株を売るおつもりなら、そのための札も用意してあります」彼はてきぱきとした調子でウバルディノに向かって言った。「今のうちにお売りになることをお勧めします。ナショナル・シティ・バンクが、叔母さん方のグアマニの屋敷を差し押さえるまえにね。ミスター・ドゥルハムも私も理事会のメンバーですから、このところ返済が遅れていることはわかっているのですよ」

ウバルディノはテーブルに近づき、舌の先で人差し指を湿らせて、大きな声で一枚ずつ、三〇枚の千ドル札を数え、きっかりあることを確認すると、両手をポケットに突っ込んで、絡まってひとかたまりになったネックレスや、ブレスレット、チェーンなどを取りだした。箱にも入れず、きちんと包んでもいなかったから、オフィスに突然、不気味な輝きが灯った。

「神聖なる正義はこのなかにあるようですな」二杯目のコニャックを口に運ぶまえに、横柄な態度で無造作に宝石をひとつぶ、ひとつぶ、テーブルの上に落としながらウバルディノは言った。「ミスター・アーサーもミスター・ドゥルハムも、もっとよく理解していただかないと。私に内緒で弟たちと話をつけるべきではなかったのですよ」

ミスター・ドゥルハムの顔が明るいピンク色から灰色がかった紫色に変わった。彼は怒りに燃えた目をミスター・アーサーに向けたが黙っていた。「あなた方のオプションを私に売る、売らないの問題ではないのです」ウバルディノは冷静な口調で続けた。「私たちの島では、ある相続人が別の相続人に連絡もせず、同意も得ずに売買契約書にサインすると、その別の相続人はその取り決めと同額で、当該物件を買いとることができるのです。つまり、弟たちは私にフスティシアを売るしかなく、あなたがたはそれをどうすることもできません。僕自身はナショナル・シティ・バンクに一銭の借りもないからです」

ウバルディノは正しかった。彼が言った権利は「リコール権」と呼ばれ、ミスター・アーサーもミスター・ドゥルハムも知らなかった、旧いスペインの法律にうたわれている権利だったのだ。

あの日、ウバルディノと私はグアマニに凱旋し、グアマニの人々に英雄のように歓迎された。フスティシアが地元の農園として存続するというニュースは、ナシオン紙によって報道され、祭や花火やミサで祝われた。わが友人が統一党の上院議員として選出されたのは、このすぐあとのことだった。

誓言

ティティナのうしろについて私は部屋に入った。彼女は病人が伏せっている場所まで私を案内すると、視界から消えた。強い安息香の匂いが嗅覚を刺激し、薄暗いまわりの様子を見るためには目を細めねばならなかった。百年来のデ・ラ・バジェ家の寝台「カテドラル」が見える。その頭板に利用した教会の祭壇と、三人は寝られる堅固なマット、そして支柱にほどこされた霊柩車のような羽根飾りは、一帯で評判になっていた。一家の人間は全員、このベッドの頭板の下で生まれたのだ。ベッドの枠組みが、四世紀まえにファン・ポンセ・デ・レオンが島に到着したときに乗っていたガレオン船の竜骨で作られたというのが、一族の自慢だった。

シーツの上で身じろぎひとつしないラウラの様子に、私は息を飲んだ。その身を包む上品なショールが、まだ美しい体の線を浮き彫りにしていて、首もとや手首そして指には、あの日、ウバルディノが私の目のまえでフスティシアを救うのに使った宝石類が輝いていた。

ラウラは目を開けてじっと私を見つめた。柔らかな象牙に彫られた聖なる遺骸のような輪郭から、不思議と静かな雰囲気が漂っている。具合が悪いのは明らかだったのに、まわりの沈黙のなかにうずくまる恐怖をあざ笑うかのように私に向かってほほえみ、深いため息をつくと、枕の上で頭をゆっくり右へ向けた。そこからはテラスに面した網戸が見え、その先に細心の注意をはらって手入れされた農園のさとうきび畑が広がっていた。私は、物憂く垂れ下がった薄地のカーテンのひだが、そよ風に吹かれて揺れるのを眺めた。レースのカーテン越しに、信じられないほどあざやかな緑色をしたさとうきびの葉が、不安げに輝いているのが見えた。

「同じ質問を六回に、同じ答えが六回」やっと沈黙を破ってラウラが言った。「一握りの短剣のように心臓に突き刺さりました。今のあたくしの苦しみは、ベロニカの苦痛とよく似ているはずですわ、ドン・エルメネヒルド。これがなぜあたくしがこの世に持っているものすべてを、あの不幸せなグロリア・カンプルビとその子供に遺すことに決めたのかという質問に対して、お答えできるすべてなのです。あなたには決しておわかりになりますまい、ドン・エルメネヒルド、わかるためには女でなければならないのに、あなたはそうではない、あなたは残念ながら男ですもの。あたくしが今、死の床についていながらこれほど落ち着いていられるのは、誓ってあたくしが女だからですわ。あそこをご覧なさい、死がまるで古い友だちのように、ベッドの右側に腰掛けてあたくしの夢を刻一刻、見守っています。なぜって死はあたくしと同じように女だからで、それでいつも公平で勇敢なのですわ。人と人のあいだに決して区別をつけず、その氷のような足で、どんなに高慢な者でさえ屈服させ、こうべを垂れさせるのです。ですから、あたくしにとって死ぬのはなんでもないこと、今すぐ死んでもいいのです、ドン・エルメネヒルド。死は双子の姉妹である愛と同じように、あたくしたちすべての母であり、家系や階級の違いなど認めません。あたくしを産んだその死が、あたくしを殺すのですわ。あたくしの死はどのような王様の死、どのような乞食の死とも同じものであるはず。決してわかってはいただけないとしても、最後の力をふりしぼってご説明いたしましょう。

今日から先、二度と、デ・ラ・バジェ家の人間がフスティシアのエメラルドグリーンの畑に君臨することはなく、以前と同じ貪欲さで、ダイアモンド・ダストの砂糖を地下室の丸天井の下に積みあげることもないでしょう。シャルルマーニュの御代のフランスで作られたとかいう、革張りのご大そうな椅子に囲まれた当家のテーブルの上座に、偽りの誇りで膨れあがった体で座る者はもういません。今、神様の最後の試練のさなかにあたくしの死の影を包んでいる、この寝台の枢機卿の天蓋の下に、この世のすべてを手にしたつもりで身を横たえる者など、もう二度と出ないのですわ」

ラウラは沈黙し、私は無理なおしゃべりは彼女を衰弱させるのではないかと恐れた。そのとき、ティティナがオレンジ茶のカップを手に部屋に入ってきて、ナイトテーブルの上に置いた。うしろからグロリアが入ってきたが、会ったのは数年振りだった。勝ち誇ったようにニコラスと腕を組んで、グアマニのパーティに出席していたころとくらべると、かなり老け込んでいたが、それにはまるで気づいていないみたいに振る舞っていた。やつれた胸の谷間にそって襟元が開いた薄紫色の流行遅れの服を着て髪を下ろし、歩くたびにスカートの下で紫紅色のトカゲ革の派手なハイヒールをちらつかせている。すぐ側を通ったが、私を幽霊のごとく無視し、ティティナと一緒に羽根枕の上に病人の上体を起こして、煎じ薬をひとさじ、またひとさじと飲ませ、その慈善事業を終えると、ラウラの話には自分たちも興味があるとでもいうように、ふたりともベッドの足元に腰を下ろした。

病人は眠っているように見え、そのまま長いあいだ沈黙していた。暗闇のなかで、身につけた宝石があるかなきかの呼吸にあわせて、ゆっくりしたリズムで光を放っている。突然、私は苦悩と落胆に身をさいなまれて疲れを覚えた。アリスティデス姉弟はフスティシア製糖農園を売り払おうとしている。誇り高きグアマニにとって許しがたいことだ。しかし、私にはそれを阻止するなんの手立ても思い浮かばないのだ。遺書のことをラウラに聞く気にはならず、第一、部屋がああ散らかっていては、どこから探しはじめたらいいのか、わかるはずもない。それに、アリスティデスの恥ずべき告白を聞いたあとでは、そんなことをしても役にたつとは思えなかった。

私は席を立って出ていこうとした。しかし、私の身体がどこかに触れて無作法な音をたてたにちがいない、病人がふいに昏睡から覚めた。突然、記憶の川に置き去りにされてベッドのほとりに放りだされ、どうやってそこにたどり着いたかわからないとでもいうように、びっくりした様子で私を見つめた。

ウバルディノとあたくしの結婚はうまくいっていました、ドン・エルメネヒルド、あたくしたちは三十年ものあいだ、グアマニで一番幸せな夫婦だったのです。だからといって、最初からなにも問題がなかったわけではありません。あたくしたちが婚約したことを知ると、ドニャ・エミリアもドニャ・エステファナも結婚に強く反対しました。あたくしの苗字はデ・ラ・バジェ家と結婚するには格が低すぎるというのです。父、ドン・ボン・ボン・ラトニはコルシカ出身の密売商人で、密輸品の冷氷冷蔵庫や木炭コンロを家から家に売り歩いて一財産を築いた人ですが、彼女たちは、御曹司の配偶者には、小指に由緒ある家紋を光らせたカセレス家やアクニャ家といった家の出の娘がよいと思っていたにちがいないのです。しかし、ちょうどそのころ父が亡くなり、母もすでになくて、あたくしはひとり娘でしたから、相続したちょっとした財産でありふれた苗字を耳ざわりのよい上品なものに変え、数ヶ月後には幸せな結婚式をあげることができました。

結婚してすぐこの家に来ると、この一族がとても変わっていることに気づきました。叔母たちが熱中するのはただひとつ、ウバルディノも同類でしたが、ほこりっぽい羊皮紙の分厚い本を広げて、デ・ラ・バジェ家のこみいった系図を辿ることでした。誰それおばあさまは何某伯爵夫人の娘で、なんとかおじいさまは何々侯爵のひまごに当たるというような話で、結局彼女たちはエル・シッドの娘の子孫だというのです。ナイフ、フォーク、スプーンといった食器類から、しびんや一番奥につける下着に至るまで、家中ありとあらゆるところに盾や紋章がついていました。叔母たちの妄想癖はひどく、痛ましいほどの貧乏のなかでさえ（製糖農園からはまだ配当がなく、そのころ彼女たちは、町の金持ちの奥様連中のためにレースのマンティリャやショールなどを編んで、生活費を稼いでいました）、大勢のよく気がきく召使いたちにかしずかれている、という幻想なしには生きられなかったのです。ティティナとネストルが、自分たちのことはほとんど二の次にしてふたりに仕えていましたが、それでは不十分だったのですわ。ですから、屋敷の扉という扉には、ターバンにベネチア風のお仕着せという、見たこともないような出でたちの、忠実な従僕たちの一団が描かれていて、叔母たちが得意顔で出たり入ったりするたびに、ご馳走でいっぱいのお盆や薔薇水が入った器を、さっと差しだす仕掛けになっていたのです。

叔母たちとウバルディノのあの鼻持ちならない家柄ごっこは、はじめは頭にきましたが、そのうちに無視できるようになりました。どうしても我慢できなかったのは、ばあさんたちが夜遅くまでソファで糸屑をまき散らしながら、グアマニの家々の噂話をし、どの家には黒人の血が入っているが、どの家には入っていないなどとしゃべっているのを聞くことでした。ある日、またこの悪い癖が始まったとき、自分を押さえることができずに、あたくしはふたりのまえで笑いながら、もし話に誇張がないとすれば、運の悪いカップルが多すぎて、今日、グアマニにはひとつとして純粋な白人の家族など残っていないのではないか、と尋ねました。ふたりの顔に浮かんだ恐怖と驚愕の表情には思わず笑ってしまいましたが、その夜、ウバルディノに本音をぶちまけたのです。「もしも叔母さんたちが、自分たちはお尻より上で排便し、うんちは薔薇の香りがするとでも思い込んでいるのなら」と、この同じベッドで横になったときに言いました。「それに逆らおうとは思わないわ。でもお願いだから、あたくしのまえで二度と誰が黒人で誰がそうでないか、なんていう馬鹿な話はさせないでちょうだい、さもないと、明日の朝にもここからたたきだすわよ」

あたくしの脅しが口先だけではないことを、ウバルディノは承知していました。父から受け継いだ遺産を全額、あたくしの名義で製糖農園につぎ込んだばかりだったからです。結婚するときに財産分離の証書にサインしてもらっていたので、即金でフスティシアへ投資したのですわ。愛とお金を賢く組みあわせることを、あたくしはよく知っていたのです。

何年かたち、ウバルディノはあたくしを完全に満足させてくれました。とても愛しあっていましたし、竈にはいつも我家の美味しいシチューがぐつぐつと煮えていたのですから、喜びを分かちあうのは難しくありませんでした。議員をしていた夫は、当地と首都の行き来でいつも忙しく、農園の管理は主にあたくしがやりましたが、ふたりの努力が実って、フスティシアはこの渓谷一帯で、エヘンプロに次ぐ生産量をあげるようになりました。こうして静かに年月が過ぎて、叔母たちは埃っぽい家系図の香りに包まれて亡くなり、あたくしたちには子供が生まれて成長し、無事に教育も受けたのです。

ただひとつ、一点の曇りもないあたくしたちの生活に暗い影が差していました。由緒ある苗字を持ち、裕福で器量もよかったのに、娘たちがグアマニの良家のパーティに招ばれることがまったくなかったのです。しばらくすると娘たちは絶望的になっていきました。持ちよりパーティや、ダンスパーティ、茶会などは、恋人をつくるチャンスでしたから、そこから閉めだされるのは、結婚できないというに等しかったのです。それで、オフェリアもセベデアもエウラリアも、ウバルディノに隠れて最大の商売敵であるエヘンプロ製糖農園の息子たちの誘いに応じ、パーティの招待も受けるようになって、とどのつまり彼らと結婚してしまったのですわ。

それでも娘たちの結婚は、ドン・エルメネヒルド、あたくしたちにとってそれほど深刻な問題ではありませんでした。息子たち、アリスティデスとニコラスがいるかぎり、心配する必要はなかったのです。息子たちがあとを継いでくれれば、フスティシアの相続から除外するかわりに、娘たちには別の土地や財産を遺せばよかったからです。

ウバルディノとあたくしは、そこそこ平穏な老後を過ごせるように、準備を始めていました。きちんきちんと波風たてずに生きてきたご褒美というわけですわ。ところがそこであたくしは恐ろしい事実を知りました。政界にいて首都と当地を頻繁に行き来するうちに、ウバルディノは梅毒をうつされていたのです。あたくしは背骨が腐ったり、体中に膿胞ができるのが恐ろしくて、夫との性交渉を拒否しました。ちょうどアリスティデスがグロリアを家に連れてきて、彼女がウバルディノの世話を手伝ったり、あたくしの相手をしてくれたりするようになったころのことです。グロリアは卑しい生まれの若い娘で、貴族階級の空威張りをあざ笑う分別もあり、あたくしとはすぐに親しくなりました。それで、うちで働くようになって二ヶ月ほどたったころ、あたくしに妙な話を聞かせてくれたのです。この家ではみんながドン・フリオ・フォントはスペイン商人の出だったと言うけれど、どうしてなのだろう、自分は会ったことがあるが、外国なまりなど絶対になかったと。

この話にはびっくりしました。詳しく聞いてみると、彼女はフスティシア製糖農園の近くで生まれ、小さいころ、ドン・フリオの子供たちと遊んでいたというのです。当人の体つきを覚えているかどうか訊いてみました、というのも、ウバルディノの叔母たちによれば、ドン・フリオは容姿にすぐれ、生クリームのような白い肌と、深い金色に残酷で官能的な青緑色がまじった目をしていて、ドニャ・エルビラをあれほど夢中にさせた、征服者の風格があったというのです。そのときグロリアはサロンのあたくしの横で縫い物をしていましたが、針を宙に浮かせたまま驚いた顔であたくしを見つめました。なんと、あたくしが冗談を言っていると思ったのでした。

「ドン・フリオはほんとうにとても立派な姿形をしていらっしゃいました」とグロリアは笑いながら言いました。「でも奥様が今おっしゃったような人ではありませんでしたよ。背が高くがっしりした混血《ムラート》で、馬の扱いにかけてはその辺りで一番でした」

そのとき天から稲妻が落ちてきたとしても、まだしもあたくしは冷静でいられたでしょう。舌が口に張りついたような感じで、話をするためには努力が要りました。つまり、その口にするのもはばかられるようなスキャンダルこそ、叔母たちが姪を農園に追いやらざるをえなかった理由だったのです。真綿にくるまれてパリで学び、洗練されて教養も豊かなドニャ・エルビラが、黒人に恋をしたのです。あたくしはそのとき気づきました。なるほど、この家にはドニャ・エルビラの肖像画は山ほどあるのに、哀れなドン・フリオ・フォントのものは、油絵一枚、銀板写真一葉とてないわけだと。だからこそ、グアマニの上品なお茶会であたくしが無邪気にもドン・フリオの名を口にしたとき、いきなり銀のスプーンがお皿の上に取り落とされ、そこにいた全員の眉が、非難のしるしに顔の上で細いしなやかな鞭のように高くあがったのです。かわいそうにグアマニでうちの娘たちが無視されたのもそのせいでした。きっと、パーティに誘ったり、まして恋愛沙汰を起こすなんてもってのほかと、いくじなしの息子どもにきつく言い渡していたのでしょう。

悲しそうな、あきらめきったお顔をしていらっしゃいますのね、ドン・エルメネヒルド、これは決して新しい話ではないし、あなただってデ・ラ・バジェ家の公然の秘密はご存じでしょう。ウバルディノの大親友だったあなたとしては、きっと苦々しくお思いでしょうね。あたくしがあえてこんな話を持ちだして、死があたくしの舌からまだ奪い取っていないアルファベットで、ウバルディノの父親のドン・フリオ・フォントは黒人だったと、一語一語はっきり言うのですから。でも結局これが死の役目なのですわ。最期のときにあたって、死はあたくしたちすべてを平等なものとして、おまんことおちんちんには家柄も人種もなく、みんな同じ糞尿の仲なのだとわからせてくれるのです。この国では家柄や純血自慢は愚か者のちゃちなお飾りにすぎません。財産を所有することを時代遅れなやり方で正当化して、とどのつまり自分たちは正しいと信じているだけのこと。家系樹として今なお有効なのはお金だけなのですから。ここでは上流階級の人々はみんな、世間体という名の白粉、たとえばダイアモンド印の砂糖を顔にはたいて事実を覆い隠し、知らん振りを決め込んでいますけれど、実は彼らの財産は指のあいだから滑り落ちて、エヘンプロ製糖農園の金庫のまえで止まるよりほか、なすすべがないのです。

あたくしの父、ドン・ボン・ボン・ラトニは、カセレス家やポルタラティニ家のひい祖父さんと同じようにムラートでした。けれども、あたくしはそれを口にするのが恥ずかしいとは思いません。

みんなのまえであの恥知らずな「おまえのばあちゃん、どこにいる?」を歌うのも恥ずかしくなんかありません。外国人があたくしからフスティシア製糖農園を取りあげるのは、不可能だからですわ。娘たちがエヘンプロの社主と結婚し、息子のひとりは裏切り者で、もうひとりは若くして死んでしまったとしても、あたくしにはまだグロリアと、孫とはいえ、息子のようにかわいいニコラシートがいるのですから。

この遅すぎたデ・ラ・バジェ家の秘密の発見に、あたくしは少なからず心を乱されました、ドン・エルメネヒルド。娘たちがグアマニの社交界で受けた扱いの理由が明らかになっただけでなく、知ったのが遅すぎて、ウバルディノはすでに病の床にあり、あたくしの願いどおりに、彼にふさわしい真実を告げてあげることができなかったからです。彼があるときからドン・フリオの苗字を捨てて、ただウバルディノ・デ・ラ・バジェとだけ名乗るようになったのは、スペイン商人がドニャ・エルビラを暗殺したという、叔母たちの、また彼自身の熱にうかされた想像力の産物の、あのばかばかしい話を単純に信じたからではありません。それは縁取りのあるクラブの鏡のまえだけでなく、自分専用の鏡のまえでも、あるはずのない血の純血がある振りをしたいという、絶望的な内密の欲求だったのです。

ウバルディノの病気はどんどん進行していきました。夫もあたくしも夜は眠ることができませんでした。昼間は昼間で窓辺であられもなく恥部をむきだしにしたり、サロンのサテン地のソファの上で用をたしたりするのです。じきにこの部屋に閉じこめざるをえなくなったのですが、それでも罵り声は家中に響きわたっていました。錯乱状態で、性的な強迫観念から、口にするのもはばかられるような猥褻な言葉を吐き、あたくしを鬼のようだと恨み、殺してやると脅しながら、呪い、怒鳴り、非難するのです。

あたくしの人生は、ドン・エルメネヒルド、こうして受難の道となりました。グロリアとティティナだけは、重くなる一方の十字架を背負うあたくしに手を貸してくれましたが、アリスティデスも娘たちもこの惨憺たる有様に恐れをなして、この部屋に入ろうともしなくなりました。そのころのことですわ、グロリアがいるとウバルディノがおとなしくなるのに気づいたのは。ティティナかあたくしが食事を持って部屋に入ると、たちまち喚き声や悪態で家中の壁が震えるのに、グロリアが近づくとおとなしくなり、黙って子供のように彼女の手で食べさせてもらうのです。病人のこうした反応を見て、あたくしたち女のあいだでついに暗黙の了解が成立しました。グロリアはできるかぎり、気が変になっているウバルディノを夢中にさせて甘い夢を見させる、その代わりあたくしが死ぬときには彼女のことを忘れないようにする、というものです。

あたくしたちの計画はわりと簡単に実行に移されました。老人は噛むことより嗅ぐことで生きるものです。病気はすでにウバルディノを十分苦しめていましたから、かまどの入口に置かれた、決して焼きあがることのないパンの香りに誘われて、うとうとと夢を見るのは幸せだったのでした。グロリアに夢中になって、働き者の彼女が家のなかを行ったり来たりするのに耳をすませ、ついに夜や昼寝の時間にはあたくしのことを忘れるようになり、それから先はすんなり別の部屋で眠れるようになりました。

すべて順調にことが運び、こんなにも簡単に夫の性病とそれにともなう潰瘍から解放された幸運に感謝していたのに、アリスティデスがすべてをぶちこわしてしまいました。首都の街頭でほとんど乞食同然に生きていたグロリアを連れてきたのは彼でした。だからその肉体と精神に対して、自分は絶対的な権利を持っていると考えていたのです。グロリアはこの家に看護婦兼付添婦として来たのですから、あたくしたちと同じテーブルにつかせ、はじめから家族の輪に加えるべきでした。でも、アリスティデスは、グロリアは黒人だからと言って、最初から断固としてそれに反対したのです。

あの当時の息子の卑劣な態度を見て、あたくしが感じた不快感をあなたに説明することは、どうがんばってもできないでしょう。今この瞬間、あたくしの右側に座っている死が、どうかわが苦しみの証人となってくれますように。自分のためだけではありません、グロリアが愛想をつかし、あたくしを無防備なままに放りだして家を出ていってしまうのが怖かっただけではなく、グロリアのため、そしてグロリアゆえにでもあったのです。なぜなら、グロリアはあたくしと同じ女であり、友人だと思っているからです。アリスティデスが彼女に対してとった侮辱的な振る舞いをあげればきりがありません。料理や洗濯やアイロンかけを強要しましたが、以前はティティナがやっていた仕事でした。その上、彼女が左の扉から入ってきただけで腹をたて、自分は反対側の扉から出ていくといった有様だったのです。

幸いにして状況はすべて変わりました、ドン・エルメネヒルド、ニコラスがフランス留学から帰ってきたからです。ニコラスはいつだってあたくしのお気に入りでした。長男だったからではありませんよ、アリスティデスはしつこくそう皮肉っていましたが、そうではなく、いつでも物わかりがよくて寛大だったからですわ。息子が戻るとすぐに、毎日のようにアリスティデスに虐待されているグロリアの苦境と、彼女に出ていかれはしないかと戦々恐々のあたくしの立場を説明しました。ニコラスはあいかわらずの切れ者で、すぐさま解決策を思いつきました。グロリアと結婚するというのです。そうすれば彼女は安心できるし、あたくしを見捨てて出ていこうとは思わないでしょうからね。

あたくしはもちろん、目のまえがパッと明るくなりました。でも思ったような結果にはなりませんでした。この涙の谷では、人が計画して神が決定し、悪魔がそれをぶち壊すのですから、無駄な抵抗をしたところで、足が一本なくなるのが落ちなのですわ。結婚式のことは司祭とニコラス、それにあたくしの三人で内密に取り決めました。グロリアがすべてに同意してくれたのでほっとしたものです。ウバルディノが死んだあとで結婚を解消し、当家に対して行なった奉仕についてはたっぷり報酬を払うという条件でした。ただし、結婚するとすぐに花嫁は妊娠し、公然と恥をさらしたのです。ニコラスはふと魔がさして肉の誘惑に負け、グロリアはまたしても当家の犠牲になったのですわ。

話の続きはよくご存じですわね、ドン・エルメネヒルド。ニコラスは結婚式の六ヶ月後に死にました。事故の知らせを受けたとき、あたくしは一滴の涙も流しませんでした。自分で葬列の扉を開いたのです。アリスティデスと姉妹たちが先頭になり、司祭と侍者がうしろをかためていました。全員で棺を担ぎ、みんな汗びっしょりだったのを覚えています。親族や親戚であふれかえったサロンに棺が運びこまれると、あたくしは泣きながらその蓋にしがみつき、棺を開けようとして、アリスティデスと娘たちに止められました。

「神様に感謝しなくては、お母さま、御許にお連れくださったのですから」アリスティデスはみんなに聞こえるように大きな声で言いました。「これから先、デ・ラ・バジェ家の人間が黒人と結婚することはないでしょう」

この馬鹿げた侮辱的な発言に、あたくしはカッとなりました、ドン・エルメネヒルド、それからというもの、すべてがどうでもよくなってしまったのです。叫びたい、家柄がよいなどとうぬぼれているけれど、ほんとうのところはどうなのか、真実を突きつけてやりたい、それだけでした。両の手でお腹をおさえながら、というのも、まるでたった今、死産の子供がお腹から掻きだされたみたいに、ニコラスの思い出が死んで、あたくしを痛めつけたからです。いったい何様だと思っているのかと、あの人たちに叫びました。グロリアが黒人なら、彼らだって同じ黒人、なぜなら彼らの祖父さん、ドン・フリオ・フォントは黒人だったのだからと。グアマニ中の人たちに聞こえるように、あたくしは力のかぎり叫びました。デ・ラ・バジェの苗字はいかさまで、当家には誰ひとりそれに値する者はいない、あたくしが死ぬときには誰にも遺産は相続させない、フスティシア製糖農園はグロリア・カンプルビとその息子に遺すのだと。

ラウラの声はだんだんと細くなっていき、弱々しいささやき声でしかなくなって、部屋の暗闇のなかに消えていった。私は呼吸が止まってしまっているのに気づいたが、それは宝石の類がついには動かなくなって、胸の上で氷の星座のように凍りついたからだった。「カテドラル」の反対側でティティナが涙で顔をひきつらせ、静かに祈りをあげていた。そのときグロリアが暗闇のなかから出て爪先だちで部屋を横切っていくのが見えた。私が止めるまえに、彼女はベッドに近づき、燃えるような赤色に塗った爪で、そっとラウラのまぶたを閉じた。こちらを見もせず、一言も発しなかった。あつかましくもレースの枕の下に手を滑りこませ、問題の遺言状を取りだし、これ見よがしにゆっくりとそれをふたつに裂いて屑篭に投げすてると、私に背を向けて部屋を出ていった。

モレル・カンポスへのオマージュ

だから言ったじゃないの、ティティナ、何度もくり返し言ったでしょ、あんたは馬鹿だって。聖家族へ忠誠をつくすなんてご立派なことを言って、ウバルディノ坊ちゃまがあんたとネストルにパティオの奥の、トタン屋根の板葺き小屋を遺してくれるという話を、馬鹿正直に信じ込むなんて。神様が坊ちゃまを台座の上の聖人像みたいに護ってくだされればいいけどね、もう家の土台がパチパチと音をたてはじめているんだよ。ドン・エルメネヒルド・マルティネスを事務所に訪ねていくなんて、絶対にしてはいけないことだったわ、ティティナ、断じて彼をここへ連れてくるべきではなかったのよ。あたしたちを助けてくれるだろう、あの禿鷹の群からあたしたちを護ってくれるだろうなぞと信じるなんて、馬鹿もいいかげんにしなさいよ。デ・ラ・バジェ家の人たちもその友だちもみんな同じ穴のむじなだっていうのにさ。

ドン・エルメネヒルドが、何年もまえから閉じこもって落ちぶれた農園主どもを主人公にした感傷的な小説を書いている、あの革張りの恐れ多い事務所から出てきたのは、あたしたちのためになにかしてくれるためでも、フスティシア製糖農園を銀のお盆にのせてあたしたちにくれるためでもなくて、アリスティデスと姉妹たちに、ドニャ・ラウラの遺書があることを知らせるためだったのよ。でもひとつだけ後悔していないことがあるわ、ティティナ、あんたはあの禿鷹をこの家に呼んできた、好きなようにあたしたちのはらわたを食い荒らすようにってね。でもある意味ではよかったと思っているのよ、あたしたちがフスティシアを手に入れることはないだろうけど、ドン・エルメネヒルドにしても、書く予定にしていた、いや、すでに手をつけていたにちがいないあの小説を書くことは、もうできないでしょうからね。

まだあそこにいるはずよ、死人のベッドのそばに座って、たぶん新しい章でもでっちあげているんでしょ、あの有名なメロドラマの、主人公その人の口から聞いた話をまたどうやってねじ曲げてやろうかとね。ひからびたさとうきびの搾りかすが入ったバケツや、今、農場の家のまわりに積んである乾いた藁くずの上にあたしたちが撒いた、この青色のガソリンの洪水からなんとか逃げおおせ、ほら、もうあたしたちのまわりで地獄の前触れみたいに渦を巻いている、燃えたさとうきびの火の粉の雨からなんとか身を隠すことができたとしても、もはやあの男への賛辞を書くことはできないだろうと思えば、満足できるというものよ。やれ指導者だ、やれ国民の英雄だって信じ込んでいた男が、ずいぶんまえからあんなに堕落していたんだからねえ。

もう泣くのはおよし、ティティナ、ニコラスのためにも、ドニャ・ラウラのためにも。泣くかわりに歌ってよ、あたしの好きな歌を一緒に歌って。あたしとニコラスが地下室で愛しあいながら歌ってた、モレル・カンポスのあのきざなダンス曲よ。砂糖のむちが鳴るのを聞くように、今はさとうきびが燃える音を聞くのよ。砂糖のむちが無防備な人夫の背に振りおろされることはもうないわ。喜んでちょうだい、ついにフスティシア製糖農園は消えてしまうのよ、呪われた愛の火に焼きつくされてね。

今のドニャ・ラウラの告白を聞いて、ティティナ、あたしにはやっとわかったの、あたしたちがなにをしなければならなかったか。まさにこの土地が、地底でくりひろげられる戦いにうんざりして、あたしたちになにをして欲しかったのか、やっとわかったのよ。ドニャ・ラウラのことはあんたが誰よりもよく知っているわ、一体何度、夫に裏切られたことか。あの人を苦しめたのは、スカートにからんだ汚らしいごたごたではなかった、この家をいつもまっぷたつに切り裂いていたのは、政治的なごたごただったのよ。ドニャ・ラウラは独立主義者だった。だからこそお気に入りの息子はいつだってニコラスで、ほかの子供たちとはしょっちゅう喧嘩していたんだわ。ついにはドン・ウバルディノまで憎むようになってしまって。なぜって、あんたの好きな坊ちゃまは、ティティナ、あんたの言うようにいつでも独立主義者だったんだから、上院議員になったとき、フスティシアが突然ポトシのような金のなる木と化していなかったら、きっと幸せな独立主義者として死んだに違いなかったのよ。

あんたはこの家に四十年も仕えてきたんだから、ドン・ウバルディノの破滅の目撃者だったというわけね。彼が栄光にみちた愛国の夢に取りつかれ、叔母たちにつき添われてこの家に着いたとき、すでにあんたは一緒だった。教会のねずみよりも貧しくて、象から牙を奪うようにフスティシアを外国人の手から奪ったあとは、歯をくいしばって頑張ったわ。だけどいったん上院でグアマニの鷲だの、誇りある民族の守護者だのと呼ばれるようになると、その辺の政治屋になりさがってしまったのよ。大げさに韻を踏んで中身のない演説をするしか能のない、まがいものの大理石のホールに群がるあの連中と同じようなね。彼はたちどころに気がついたわ、マグネシウムとジムナジウムを両立させるのは不可能だって。ヨーロッパ遠征や、洗練された競走馬、愛人たちや、ロールスロイスの費用をまかなうには、昔の敵であるエヘンプロの所有者たちと手を結ばないわけにはいかなかったのよ。一方では独立を擁護して、あの黄金の舌で神秘的なる祖国の栄光を完璧に演じながらね。つまりわれらが大詩人ガウティエルが切々と歌いあげた祖国の、泡のまにまに揺れる花の器、海が貝殻から奪いとった真珠、美しき庭園たるアメリカ、宝飾のアメリカをよ。それでいて五百エーカー法や、最低賃金、一日八時間労働には頑強に反対して、グアマニを絶えざる飢えと絶望に追いやったんだわ。巨大な利権と壮大な理想の抗争のはざまで、上院では彼に民族の騎士だの、クレオール版カステラール（一九世紀のスペインの雄弁政治家）だの、獅子の心だのといった大仰なあだ名が奉られたけど、結局は評判を落としてしまった。だから、ティティナ、ドン・ウバルディノは十年とたたないうちに、高貴で尊敬すべき名士から、老いぼれのすけべえ爺になりさがってしまったのよ。

　ドニャ・ラウラが、フスティシア製糖農園を継ぐべき者はニコラシートとあたしだけだと言いだしたとき、はじめは気が狂ったのかと思ったわ、子供たちが自分を見捨てた上に、強欲なところを見せつけたものだから、頭が変になったのかと。ニコラスは、あんたもよく知ってのとおり、母親とはとてもうまくやってたし、彼女は彼女であたしを実の娘のように扱ってくれた。だからニコラスとあたしは彼女を喜ばせようと結婚したのよ、あの人の猜疑心も老人につきものの貪欲なところも大目に見てね。なぜって、彼女は知っていたからよ、結婚していようが離婚していようが、グアマニの社交界は手ぐすね引いてあたしたちを追放するだろうけど、それが大空のかなたであっても、地獄の廃屋の奥深くでも、まったく同じことだって。あたしたちはそれほど大きな情熱に焼きつくされていたのよ。

あたしの方もドニャ・ラウラが好きだった。だからこの家から出ていかなかったの。だからこそ愛する人が死んでしまったあの忌まわしい事故が起こったあの夜に、跡形もなく消え去ったりしなかったんだわ。あの人のなかにあるニコラスの思い出や、屋敷のバルコニーから大声で出てきてくれと息子を呼ぶその慰めようもない悲しみが、あたしには愛しかったのよ。あの人のそばにいると、彼のまぢかにいるような気がして、あたしは慰められた。まるでふたりで一緒に、死者の思い出という悲しみの種を温めているようだったわ。

ほんの二、三日前、ドニャ・ラウラが遺書のことをしつこく口にしはじめたとき、ある意味でもっともだと思った、ニコラシートとあたしがフスティシアを相続するのは、道義的にみて正当なことだってね。ニコラスはこの楽園のような谷間を深く愛していたわ。ただし、ドン・ウバルディノやアリスティデスとは違うやり方でね。だからこそ命を失ってしまったのよ。よく思いだして見て、ティティナ、あんたの記憶に灯をともしてごらん、あたしが今、この松明で地下室のアウスボの木の梁や、長いあいだ、あたしたちが静かに眠りと休息のときを過ごした独房のグアヤカンの木の柱に、火のアラベスクを描いてみせるから。ドン・エルメネヒルドがロマンティックな小説のなかであれほど誉めたたえた理想郷のグアマニは、地獄以外の何物でもないわ。ほとんどのグアマニ人は結核や寄生虫、栄養失調で、ハエのように死んでいくのよ。だからニコラスは社長に任命されると、その月のうちにフスティシアの人夫たちに土地や家を与え、はじめて人並みの賃金を支払ったんだわ。それでアリスティデスの怒りを買い、ドン・ウバルディノを逆上させてしまったのよ。あの取り決めに何度文句を言ったことか。

ドニャ・ラウラは誰がニコラスを殺したのか、はっきりさせることはできなかったわ。だって結局のところ同じことだったのよ。父親といい、弟といい、同じように彼を憎んでいたんだから、右がやらなければ、左がやっていたでしょうよ。誰がやったかわからないですむように注意しながらね。ニコラスが埋葬されて、親戚連中が帰ってしまうと、ドニャ・ラウラは事件の調査を命じたわ。私立探偵の一団が山地へ向かい、エンジンやモーターの破片をひとつひとつ拾い集めて、それを組みたててみると、飛行機はそれと知られないように壊されていたことがわかった。ドニャ・ラウラがニコラシートとあたしにフスティシアを相続させようと決めたのは、それでだったのよ。

でも今、ネストルとあんたがすべてをだめにしてしまったわ、ティティナ、まったく馬鹿なんだから、あんたたち、ウバルディノ坊ちゃまだの、グアマニ随一のいかさま小説家のドン・エルメネヒルドなぞを信じ込んで。泣くのはおよし、もうどうでもいいじゃないの、馬鹿な涙なんぞ流して時間を無駄にすることはないわ。いずれにしても、ネストルとあんたが、ドン・ウバルディノが約束したパティオの奥の小屋をもらうなんて、アリスティデスも姉妹たちも絶対に許すはずがないでしょ。こっちで少し手伝ってよ、ベンジンの缶をもうひとつこっちに渡して、歌ってよ、ね、あたしと一緒に歌って。

あなたの愛はすでに、声を取りもどした小鳥
あなたの愛はすでに、わたしの心に巣をかけた
もう知っているわ、なぜこの恋がわたしを焼きつくし
どうして、燃えあがったのか

贈り物

思い出を分かちあった、アニに

カルロタ・ロドリゲスがついにサグラド・コラソン女学院から放校になったあの日、メルセディタス・カセレスが肩帯をドアの取手につるし、ロス・アンヘレス修道会のメダルをさも軽蔑したように献金箱に放り込んで、友達と腕を組み、あの階級独特の人を見下したような態度で、毅然としてうしろを振り向きもせずに校門を出ていくとは、誰も予想していなかった。その横でカルロタが守衛室のある薄暗い一隅を歩いていた。彼女は、大きくて温和な獣のような体軀をわずかにまえに傾け、塗りたくった頬紅とパンケーキがはげ落ちて筋を作った顔から、色とりどりに染まった涙が流れ落ちて制服の襟を汚すのを、どうすることもできないでいた。

メルセディタスはそのとき、卒業式のご褒美をしまう簞笥の奥にすでに準備されていた、雪の環のように輝く、十個いや二十個の薔薇の冠を、友情の名においてあきらめようとしていた。一方カルロタは、間をおかずしてその額を飾ることになる、あの発情したクジャクの羽根の華々しい冠を追いかけていた。メルセディタスが、ざわめきの絶えることがない守衛室で、青いひだスカートとオーガンジーの袖口がついたブラウスとともに、三年半のあいだ一所懸命勉強して獲得した名誉、今や自分の胸で輝くことはありえない肩帯やメダルをすべて捨てようとしていたときに、カルロタは自分の名誉を、安物の香水と花模様のハンカチ、戴冠式の日に自分の宮廷の廷臣たちから愛情をこめて贈られる、まだら模様のビロードのケースに収まった指輪やイヤリングを追い求めていたのだ。数日後には、一八カラットのラメのドレスを身にまとい、ダイアモンドで縁取りされた胸元から、尊敬すべきサグラド・コラソンの修道女たちに言わせれば、煮えたぎった恐ろしい地獄の釜にふさわしい世界観を秘めた、浅黒い巨大な乳房を露出し、銀の馬車に先導されて、ファン・ポンセ・デ・レオン通り（そのあとで、リオ、ヌエバ・オルレアンス、そしてスリナムなどの大通り）を行進するはずだった。

マンゴーはカルロタがくれたのだった。週末を父の家で過ごしたとき、こっそり修道院に持ち帰ったのだ。カルロタは休憩時間にそれをポケットから取りだすと、手の平にのせて友達に見せた。

「今日のランチで、カーニバル運営委員会の人たちがくれたの」彼女は笑みを浮かべながら言った。「これ、コロンブスの腎臓っていうのよ。砂糖菓子のように甘くて、バターのようにやわらかいわ。はい、あんたにあげる」

メルセディタスは喜んでこの贈物を受けとり、ふたりは一緒に中庭の奥にあるケネポの茂みの方へ歩いていった。そこまで監視の眼が届くことはめったになかったから、お気に入りのおしゃべりの場所になっていたのだ。カルロタはランチの様子を語ってきかせたが、話の中身はみんなカーニバルのことだった。

「大きな銀の燭台やいろいろあったの、鱈のフライとかベネチアンレースのテーブルクロスとか。あんたがもしあそこにいたら、なんて綺麗なんだろうって思ったに決まってるわ。でもなんといっても、委員会がプレゼントしてくれたコロンブスの腎臓が一番だったわね。以前は女王が指名される日のプレゼントは、金の指輪とブレスレットに決まっていたのよ」

メルセディタスはからかわれていると思い、頭をのけぞらせ、大きな声をたてて笑った。

「別にコロンブスのあばら骨の下から取りだしたわけではないのよ」とカルロタは説明した。「インドのコロンボという町の名前からとったの。あたしの夫、ファン・ポンセ・デ・レオンが気に入って、種を持ってきて自分でこの島に植えたんですって」

メルセディタスは友達の顔を見つめ、彼女が歴史的にはありえないことを大まじめで話しているのに気がついた。

「それじゃあ、カーニバルの女王役、引き受けたのね？」と訊く。

「あたしは正真正銘のクレオールの初代の女王ということになるわね、そうでしょ？」カルロタは浅黒い頬を手の平でなでながら言った。「まえは青白くて気が抜けたみたいな女王ばかりだったもの。ファン・ポンセ・デ・レオンならば、きっとあたしを選んだわ、スペイン人は浅黒い女の子が好きなのよ」

メルセディタスは、ひだ襟飾りをつけ、冠を戴いて、フーヴでふくらませたスカートを身にまとった友人の姿を想像しようとしたが、できなかった。カルロタは太っていて、上流の人々が持つ優雅さが、どこを探してもなかったからだ。しかし、まさにそれゆえに、その快活で無邪気な性格ゆえに、彼女はカルロタと友達になったのだった。

「女王の格好をしているあなたを想像するのは難しいわ」

カルロタは白い丈夫そうな歯をみせて屈託なく笑い、友人の肩にやさしく手をかけた。

「クレオパトラだって、ぽってりした賑やかな人だったのよ、それにあんたも見たでしょ、『青春の宝』のなかの絵。絶対にあたしの髪の方がきれいだわ」

メルセディタスは横目でカルロタを見つめた。彼女の髪はほんとうに美しく、いつも感嘆の目で眺めていたのだ。それは学校の厳しい規則に従って束ねられ、マホガニー色の二本の三つ編みになって背に垂れていた。「たくさんの人が町にやってくるわ」カルロタは熱っぽい口調でつけ加えた。「あたしたち、昔みたいにコーヒーやタバコでは有名じゃないけど、今度はカーニバルで有名になるわ」

カルロタは友人の肩に腕をまわし、ふたりはしばらく口をつぐんで、学院の敷地の奥、境界線のフェンスまで歩いていった。鉄柵の向こうには、乾いた川床が陽の光を反射して、石畳の道のように光っているのが見えた。

「マザー・アルティガスはあなたが女王になるのにはきっと反対よ、怖くないの？　歴史的なことになると、えらくうるさいの、あなたも知ってるでしょ」

「青空をめざすのは、高くつくものよ」肩をすくめながら、カルロタは言った。「思い切ってやってみるしかないわ。でも、わかってるでしょ、マザー・アルティガスが怒るとしたら、べつの理由でよ」

休憩時間の終わりを告げるベルを聞いてふたりは別れ、それぞれの教室へ向かった。メルセディタスはマンゴーをポケットにつっこみ、果物が揺れて脚にぶつかるのを感じながら、晩餐会の前触れのようなその薔薇の香りを楽しんだ。そして自分の席につくと、こっそりポケットから取りだして机の奥にしまい込んだ。

メレセディタス・カセレスとカルロタ・ロドリゲスは、あっというまに仲良しになった。まったく、学院中探しても、これ以上かけ離れたふたりを見つけるのは不可能だった。メルセディタスはこの一帯でもっとも豊かなさとうきび農園をいくつも所有し、彼女の名前を冠した製糖工場さえある大地主の家の出だった。寄宿学校に入るまではイギリス女性の家庭教師について教育を受けていたので、友達も少なく孤独で、毎週末、迎えのリムジンに乗って製糖農園への坂道を上っていくのが、彼女の唯一の外出の機会だった。

カセレス家は大家族で、町の人々とはほとんど接触がない。農園の敷地のなかに商店やプールから牧舎、薬局、医院までそろい、テニスコートもいくつかあって、従兄姉たちが毎日そこでプレーしていた。メルセディタスが内気だったのは、ひとつには外部の人とのつきあいに慣れていなかったからだが、カセレス一族が町の人々からよく思われていなかったせいでもあった。

町の社交界というと彼らが示す拒絶反応やその巨大な富は、人々に不信感を抱かせ、ときには軽蔑の対象にさえなっていた。町人たちは、政治など公共活動への一族の参加を拒否したが、彼らにとってそれはむしろ好都合だった。というのも、一族が町とやりあうことはほとんどなく、事業の問題はすべて本国の行政当局に持ち込んでいたからだ。愛国心がないとか、市民としての自覚がまったくないなどと非難されると、カセレス家の人々は、決まって金髪(祖先にドイツ人がいたからだと言ってひどく自慢にしていた)の頭を反らせ、自分たちは実のところ世界の市民であって、この町の唯一のとりえは首都への交通の便がよいことだけだと、はっきり言ってのけた。

そういうわけで、メルセディタスは毎週金曜日に寄宿舎を出て、自家用のリムジンに乗るたびに、グレーのビロードのカーテンの隙間から顔をのぞかせては、興味津々と町の家々を観察し、あそこに住んでいるのはどんな人たちだろうと思いをめぐらせる。学校の仲間とはいくら努力しても仲良くなれなかった。カルロタと知りあってはじめて、苗字とは関係なく自分自身が好かれたことを実感するまでは。カルロタのおしゃべりには、いつも冗談や辛辣なうわさ話がちりばめられていて面白おかしく、とくに町の話が聞けるのは楽しかった。

一方、カルロタにとってもメルセディタスはかけがえのない盟友だった。ほんの数年まえまで、彼女のような生徒がこの学校に入ることはほとんど不可能だったが、入学者数が半減したために、修道女たちの方針が変わり、そういう生徒も受け入れられるようになっていた。学費の高い学校だったから、すでにかなりまえから厳しくなっている経済情勢のせいで、町一番の名門までが、娘たちをもっと下のランクの学校にやるようになり、それで入学条件が緩和され、アクニャ家やアルスアガ家、デ・ラ・バジェ家などの令嬢たちも、ロドリゲスやトレス、モラレスといった家の娘たちと一緒に学ばざるをえなくなったのだ。

カルロタ・ロドリゲスは肌の色のせいで、新参の生徒たちのなかでさえ、なんとなく孤立することが多かったが、それにもかかわらず、いつも目立って愛想がよかった。半世紀におよぶ学校史上、入学を許可されたはじめての混血娘《ムラータ》であり、ここへきて彼女に入学許可がおりたことは、「新しい」生徒たちの家族にとってすら驚きであり、やり過ぎではないかと取り沙汰されたほどだ。急成長の新興エリート層は、自分たちの苗字が、町の社交クラブのメンバーとしてまだ確固たる地位を得ていない状況にあり、昔からの上流階級が苦労しながら守ってきた純血の掟を、自分たちも規範として取り入れるべきかどうか決めかねていたが、不運にも明らかにそういう事態に直面したとき、理解は示すが距離を置くという態度を取ることにし、はじめから、「一緒にいても混ざらない」ことがまず大事だと考えた。

尊敬すべきマザーたちに入学資格の民主化を断行させ、あえて自分たちの学校にカルロタ・ロドリゲスを受け入れるという危険まで冒させたのは、ほかでもない、新参者の小商人、ドン・アガピート・ロドリゲスの少なからぬ額の財産だった。ドン・アガピートは男やもめで、娘がかわいくてたまらず、娘の存在が修道女たちにとって喜びの種となるように、友人が大勢いる食品業界に働きかけて、修道院用のつつましい食料、干し肉やハム、ソーセージなどを市価の半値で提供するようにしたり、又従兄弟にあたる市長に面会して、修道院の電気料金をかなりの額、節約できるように計らったり、叔父で消防所長のトマス・ロドリゲスに会って、費用は全部自分持ちで、温水設備を新しくしたり、できるかぎりの力をつくしたのだ。

カルロタ・ロドリゲスとメルセディタス・カセレスのあいだに、思いもかけなかった友情が結ばれたのを見て、マザーたちは自分たちの決断が賢明だったことを喜んだ。ふたりは休み時間も、教室でも、食堂でも、いつも一緒にいたがった。寄宿舎ではじめから隣あわせのベッドが割り当てられるという運のよさもあった。最初マザーたちはメルセディタスの家族がこの交際に反対するのではないかと恐れたが、それはすぐに杞憂であることがわかった。カセレス家の人々はいつも自家用の飛行機やヨットで大陸と島のあいだを行き来して暮らしていて、メルセディタスが誰とつきあおうと、まったく気にもとめなかったのだ。一方、ふたりの友情はマザーたちには好都合だった。自分は学校に受け入れてもらえた、好かれてもいると感じられれば、カルロタの孤独もある程度はやわらぐだろう。ドン・アガピートにとっては、娘とほかでもないメルセディタス・カセレスの友情は、はっきり言って、天の恵み以外の何物でもなかった。若いうちに培われる友情と人脈はとても大切だと、親であれば誰もが考える。事業を発展させる上で役にたつことが多いし、良縁をもたらすことだってあるからだ（女生徒の兄が、自宅に遊びにきた妹の友人に惚れ込んでしまうことが一度ならずあった）。結局、修道女たちの意見では、カルロタがメルセディタスと友情を結んだことは、ドン・アガピートにふさわしい褒章であると言ってよく、カセレス家にとっては、町などあってもなくてもよいようなものだったし、まして学校などどうでもよいのだから、この友情がどういう結果をもたらそうと、それは当然の報いというものだった。

障害を乗り越えて友情を育んだふたりは、一緒に学院を卒業する日がくるのを楽しみに待っていた。もらえる賞は全部もらって卒業することがなにより大事、そうすれば奨学金がもらえて、外国の大学で勉強を続けられる、とメルセディタスはカルロタにうち明けていた。両親からは、良家の娘が専門的な勉強をする必要はない、教育は女学校まで、とはっきり言い渡されていた。

又従兄弟の誰かと結婚して農園のなかに住み、家事の奴隷になって、暇なときにはあの全面が緑に塗られたテニスコートで、ろくでもないボールを追いまわして暮らすのかと思うと、メルセディタスは恐怖にかられる。それで、マザー・アルティガスが取りはからうと言ってくれた奨学金が、自由への唯一の切符だと思い、この一年、必死で勉強に打ち込んできたのだ。

カルロタの方は、知的な野心はたいして持っていなかったが、サグラド・コラソン女学院を卒業すれば、将来に向けて開かれる扉の数は多く、町の近代化を宿願とする父親の手助けをするのになお一層都合がよいことをよく理解していた。彼女はメルセディタスを、まるで自分を救ってくれる勝利の女神であるかのように崇拝し、メルセディタスもまた、毅然として、かつ大胆に、いつでもカルロタを庇護したから、学院中にあえて彼女を傷つけたり、その出自を思いださせるような侮辱的な言葉を浴びせたりする者はいなかった。

一方、カルロタの穏やさ、その快活な性格はメルセディタスを魅了した。カルロタは友人に、ケネポの木や、樹齢百年を超すマホガニーの木が影を落とす、町の焼けつくようないくつもの通りの様子を話して聞かせたが、昔からのブルジョア階級が住んでいる一九世紀の古めかしい屋敷について話すときは、いつもかすかな皮肉をこめた。そういう屋敷は、ファサードがかならず白く塗られ、キューピッドやアンフォラ、石膏の花飾りなどでごてごてと飾られていて、熱をさますために通りに並べられた、オーヴンから取りだしたばかりのウエディングケーキを思いだすというのだ。カルロタは、決して辛辣ではないが、いつも人を小馬鹿にしたような皮肉っぽい調子で、薄暗い家の奥で営まれている、その邸宅を囲む堂々たる壁が物語るよりは、ずっとつつましくせざるをえない彼らの生活を話題にした。カルロタのおしゃべりのおかげで、メルセディタスは町の歴史を知るようになった。

旧ブルジョア階級の人々が破産、つまり彼らにとってそれはおよそ五十年前、島の西海岸に上陸した北米軍を意味するが、その破産の危機に瀕して示した抵抗は、まあドン・キホーテ的ではあるものの、賞賛に値するのではないか、とメルセディタスは思った。町が繁栄したのは港が重要な位置にあったからだ。港はマイルス将軍が上陸したときあれほど高く評価した、広大なエンセナダ・オンダ湾に面していただけでなく、盛んだった砂糖やタバコ、コーヒー取引の集散地でもあった。

当時、町の北側と西側を囲む山々の斜面には、タバコやコーヒーが丹誠こめて栽培されていて、畑の持ち主である内陸部の小規模農園主たちが、収穫物を荷役用の家畜の背に積んで港の桟橋まで運び、外国へ向けて船に積み込んでいた。一方さとうきびは低地で栽培され、肥沃この上ない谷間は、隅から隅までそのつやつやした葉叢に覆いつくされていた。当時のグアマニ人は、自分たちの砂糖とコーヒーとタバコが、遠くヨーロッパやアジアの人々のあいだで最良の品と認められているのを誇りにし、もうけを有効に使って、美麗な劇場や広場、集会所、ドッグレース場から、はては空に向かって堂々たる輝きを放つ銀細工の塔を従えた大聖堂まで建造したのだった。

しかし、カルロタに言わせれば、すべては変わり、米国人がやってきてさらに変わっていく。タバコとコーヒーが暴落したため、高地の畑はうち捨てられ、貿易商も没落して、地元の製糖農園の多くは外国人の手に渡ってしまった（デ・ラ・バジェ家のフスティシア製糖農園がエヘンプロ製糖農園に吸収されてしまったように）。しかし、農園を売り渡さずになんとか危機を乗り切った家もあり、そうした家々はさらにその勢力を拡げていく。カセレス家とそのラス・メルセデス製糖農園がまさにその好例だった。カセレス家は、精製糖で一杯にした袋を、プラチナを詰めた宝物箱よろしく直接港に運んで船に載せ、米国にうまく売りさばいていたが、それだけではなく、一七年ほどまえに、ラム酒の蒸留工場を作るというすばらしいアイディアを思いついたのだ。

出発点は農園の倉庫の裏庭にごろごろしていた蒸留器のひとつにすぎなかった。しかし、製品が評判になったため、じきに事業は拡大された。ちょうど第二次世界大戦が始まって、血なまぐさい戦闘が行なわれていたころで、片腕や片目をなくして家に戻ってきたグアマニ人退役兵が、苦痛を紛らそうと、手に入れやすい恰好の慰みを探し求めていたところだった。ラム酒のドン・キホーテ・デ・ラ・マンチャほどこの条件に適うものはなかった、というのも、ラベルに印刷された一文無しの飢えて痩せこけた騎士の姿は、まさにぼろぼろになった祖国の名誉にほかならなかったからだ。

そして、この悲劇的な英雄ドン・キホーテに自分を重ねあわせたのは、地元の退役兵ばかりではなかった。それは米国でもあっというまに驚くほどの評判をとった。本国の住人たちも、自分たちの植民地で作られるエキゾチックなこのラム酒を好きになり、立ちあがったばかりの若い国として、自分たちの力が世界におよんでいることの確かな証拠となるこの銘柄を、いたく誇りに思ったのだ。フランスにはマルティニークのラム・ネグリタがあり、イギリスにはドーバーで瓶に詰められ、梱包されるティオペペがあって、ともに心配はなかった。今や彼らにもラム・ドンキホーテがある、飢えたロシナンテの背に乗って世界を征服することになるだろう。

カセレス家はラマンチャ印のラム酒の売れ行きが好調だったおかげで、かなりの財産をたくわえ、製糖工場のまわりに流行の先端をいく現代的な居住区を建設した。そこでは、昼下がりの息のつまるような暑さのなかでも、凍りついた海水のようにきらきら光る澄みきったプールが点々とし、きれいに刈り込まれたテニスコートや、ビロードのようなゴルフコースがまわりを取り囲んでいた。町と違って雰囲気はくだけたものだった。よその女たちなら、スペイン人の神父が毎日曜日の説教でやかましく言うように、「無理やり押し込まないとはけないほどピッタリしたパンツ」をはいて通りへ出ていったりはしない。しかし、ラス・メルセデス農園では女たちはいつもショーツで歩きまわり、コンバースのテニスシューズを履き、プールサイドに寝そべって、毎日裸で肌を陽に焼くのが習慣になっていた。その上、彼らは英語的な言いまわしが多分にまじったスペイン語をしゃべり、グアマニ市民としての義務や宗教的義務はほとんど避けて通って、町の住民たちの反感をあおりたてていた。

一方グアマニはといえば、そのころ遠く離れた国々との貿易で得ていた経済的繁栄を失って、衰退し、萎縮したあげく、まるで干からびた巨体といった有様になっていた。

コロニアル・スタイルの美しい建物、円柱で飾りたてられた劇場、噴水のある広場などが、大分まえから使われなくなっていて、まわりとは不釣りあいになりはじめた目ざわりなその姿を、摩訶不思議な骸骨のように、半ば眠ったような町の上に浮かびあがらせ、絢爛たる家々の奥では、旧ブルジョア階級の連中が、矜持と困窮を恨みがましく押し隠しながらまだ生き延びていた。

メルセディタスにとって、そういう話はまるで初耳だった。それまでずっと、さとうきび畑につきだした広いベランダのある屋敷のなかで暮らしてきて、外に出たことがなかったからだ。学院の庭の奥にあるルルドの洞窟の荒削りの岩陰で友人の隣に座り、あるいはケネポの植え込みのあいだをゆっくり散歩しながら、興奮で輝いているカルロタの顔を見て、メルセディタスは友人がどんなに町を愛しているか理解し、感心してその話に耳を傾けた。

とはいえ、カルロタは別の階級の出身で、旧ブルジョア階級に関心を持ったといっても、それはロマンティックな興味からにすぎない。カルロタ親娘はふたりとも進歩主義者で、近代化の擁護者だったから、町の公共的、社会的な活動を活性化しようと熱心に努力していた。ドン・アガピートは病院と刑務所の全国評議会のメンバーで、病院に最新式の治療法を導入し、また刑務所での受刑者の待遇をより人道的にするための運動を展開していたし、また少年サッカーリーグやライオンズクラブ、商業会議所の会長も務めて、いずれの組織においても、自分たちの屋敷に閉じこもって過去の栄光の思い出にふけり、町をさびれるにまかせている名士たちではなく、自分たちの仲間を入会させるように説いてまわっていた。

年に一度だけ、カーニバルの季節に、町はいわゆる過去に回帰した。この世の始めから、ファン・ポンセ・デ・レオンのカーニバルといえば、この町で一番の大イベントだった。モモ王、コンガの踊り手、悪魔、人食い鬼などが毎年衣装を変えて同じように登場した。こうした庶民的な登場人物のひとりとして祭りに参加するには、とくに順番をとったり、特別許可をもらったりする必要はない。しかし、ファン・ポンセ・デ・レオンの宮廷人ということになると話は別だった。甲冑と盾を持つ騎士になるには、いやお小姓の役でさえ、アクニャ家かポルタラティニ家、またはアルスアガ家の出であることが不可欠な条件とされており、まして行事の中心人物である女王となると、条件はほとんど神聖にして侵しがたいと言ってよかった。そのために、毎年、女王の人選をもっぱらの目的とする、町の名士による委員会が組織されていたほどだ。

長い審議の末、投票によって宮廷が組織されると、旧家の人々はかつての富を見せびらかせて、町の人々を今一度あっと言わせようと、準備に身も心も捧げたもので、いつも植民地時代のなにかがテーマとして選ばれた。かつて海岸線一帯に盛んに出没した海賊だとか、カンバランド伯爵の悲劇的で不運なサンファアン旧要塞の巡視、あるいは、カルロタが女王になったこの一九五五年の、コロンブスの英雄譚などだ。

　カルロタは小さいときからずっと、この祭りに立ちあってきた。木の支柱がついた自宅の質素なバルコニーで、驚きに眼を丸くしながら、アクニャ家やアルスアガ家、デ・ラ・バジェ家などの息子たちが、眼のくらむような宝石を散りばめたマントを肩にはためかせながら、花を満載し、金粉をふりまいて古色蒼然とさせた山車に乗って、町の人々を見下すように、傲慢かつ冷ややかな様子でゆっくりと行進していくのを、じっと眺めてきたのだ。

　日課になっている裁縫の時間に、マザー・アルティガスは教室で生徒たちのあいだを歩きまわり、彼女たちの手のなかで、針がミニチュアのダーツのように、不規則にあがったりさがったりするのを見ていたが、急に立ち止まった。近くで強い薔薇の香りがしたからで、マントの下で毅然として手を組みあわせ、周囲の生徒たちの横顔をつまびらかに凝視した結果、メルセディタスの真っ赤に上気した頬に気づいて、ゆっくり彼女の席に近づいていった。

「貴女のお机、開けていただけますこと?」と、マザーはほほえみながら尋ね、ベールの端が少女の肩にかからないようにしながら、少しかがみ込んだ。

　メルセディタスはカルロタの方を見たいという誘惑にかられたが、思いとどまって、マザー・アルティガスの腰に吊された黒い大きなロザリオの高さに視線をあわせ、机の蓋を少しずつ開けてなかのものを見せた。本、石鹸入れ、折り畳み式のコップ、鉛筆、青いエプロン、きっちりと一緒に巻かれた黒と白のベール。マザー・アルティガスは手を引きだしのなかに差し入れ、まるで指先の嗅覚に導かれるように、コロンブスの腎臓の跡を辿った。間違いはしなかった。黒いベールを持ちあげると、そこにはむっちりと豊満な果実が鎮座し、あたり一面に薔薇の香りを振りまいていた。

マザーはまだほほえんではいたものの、それを見るとびっくりした。

「カルロタにもらいました、マザー。コロンブスの腎臓っていうんです。カーニバルの女王に指名されるって決まったとき、昼食会で贈呈されたんですって。よろしかったら、味見にひときれどうぞ」

メルセディタスは、マザー・アルティガスは自分に好意的だからと気を許し、無邪気にそう説明した。教室に果物を持ち込んではいけないことになっているのを知ってはいたが、別に重大な規則違反というわけでもなかったからだ。

「贈物を受けとったのはまずかったわね」マザーは小声で冷淡に言い放った。「卒業の日までずっと持っていらっしゃい」

そしてメルセディタスに背を向けると、さっさとそこから離れていった。

マザー・アルティガスの美しさと、当時彼女が学院で揮っていた権力のあいだには密接な関係があった。マザーは透き通るような肌の持ち主で、化粧をまったくしていないために、かえって調和のとれた顔立ちが際だって見え、洗練されたマナーや仕草が、絶えずその高貴な出自を物語っていた。背が高くしなやかで、陰気な柳の木のように建物中を移動して歩き、人が思いもよらぬときに、神出鬼没のその影を廊下やサロンに投げかける。彼女の布製のブーツは、夜明けにシスターたちが丹念に埃をはらってきれいにし、黒い紗のベールのひだ共々、毎日ラベンダーの香を染みこませていたが、いつでも、またどこにでも出没して、学院の日常を見てまわっていた。

他の修道女たちと違って、マザーは島の出身であり、その生まれからして、仲間の修道女たちよりはずっと、生徒たちをしつけるという永遠の課題に取り組む資格があるとみなされていた。なにしろ、生徒たちは今は普通の少女でしかないが、卒業すれば町中の人々から大切にされ敬われるべき特別な人物、つまり「サグラド・コラソンの卒業生」に変身するからだ。

一方、マザー・アルティガスの同僚たちは、ほとんどがバルパライソ、カリ、ブエノスアイレスといった大陸各地の出身者だった。彼女たちがカリブ海の小島に隔離された修道院の分厚い壁の向こうに隠棲するに至った理由は、その悲しげで上品な物腰や、まるで神経質そのものといった瞬きや手つきのなかに垣間見ることができた。襞のついたベールの下には、数え切れないほどの苦いドラマが、おそらくは断念した恋や財産などが隠されていた。当時、工業の発達によって、徐々にではあるが確実に没落の道を辿っていた、農業を基盤として財をなしたラテンアメリカの上流家庭が被った悲劇だ。

修道女たちは、思い出にしがみついて、自分たちが置かれている特殊な現実や、この町と住民たちの、うんざりするような理解不能の性癖や習慣と直面させられる不愉快な機会は、すべて避けて通った。きっと多大な犠牲をはらって、当時サグラド・コラソンの花嫁となるための持参金として必要だった二千ドルを工面したにちがいない。そして神との結婚式がすむと、世間に背を向けて人知れず生きるという厳しいしきたりに不平も言わずに従い、あらゆる努力をはらってすべてを忘れなければならなかったのだ。

毎日、小島のように賑やかに飛びまわりながら教室に入ってくる生徒たちは、彼女たちにとって顔もなく名前もない、いわば魂の群れとでもいうべき存在だった。修道女たちは、ローマの本院から指示があれば、いつでも生徒たちを捨てて出ていかなければならないことをよく承知していた。何人といえども同じ修道院に三年以上とどまることはできないという鉄則があったからで、それゆえ生徒たちのしつけと道徳教育はすべてマザー・アルティガスの手に委ね、教室にやってくる少女たちを、特定の国に生まれた、特定の階級出身の少女たちとしてではなく、誰でもあり、誰でもない子供たちとして眺めていた。

その上、ほかの修道女たちに対して、マザー・アルティガスの権威をゆるぎないものにしているもうひとつの理由があった。それはアルティガス家が気前よく一家の屋敷をローマの本院に寄贈したことで、三十年前から町の金持ちの娘たちにサグラド・コラソン女学院の生徒になれる道が開けたのは、そのおかげだった。マザー・アルティガスはとてつもなく有能な人物だった。夜明けから台所の戸口に立って、その日みんなが食堂で食べる質素な食事を、いかに美味しくしかも経済的に調理するか、賄いのシスターたちに指示をだし、確実な指令を発して修道院の複雑な洗濯機を動かし、少女たちの眠りを包んだ数限りないシーツのなかから、ご聖体のパンのかけらが残っているかもしれないものを自らの手でよりわけ、シスターたちが、中庭の奥にあるセメント製の粗末な水槽に漬けて糊づけし、漂白するのを監督した。修道院は自分の魂《コラソン》の一部だから誇りをもってそうするのだとはっきり言って、ものにも人にも、すべてに心をくだいていた。

修道院へ入るための持参金二千ドルは、マザー・アルティガスにとってたいした問題ではなかった。両親はもう大分前から首都に居を移していたが、実家は過去においても、また今に至るまで、この国有数の権力を誇る家柄で、母方はデ・ラ・バジェ家の親戚だった。マザー・アルティガスは修道会に入るにあたって、教皇の特別許可を得ていて、ほかの修道女たちに課されている、一ヶ所に定住しないという厳しい規則を免除されていた。とはいえ、神の花嫁として一点の汚れもないベールを頭に戴いたときに、俗世とはきっぱり縁を切るという仲間に課せられている規則を、ためらわず自分にも課すと決めていた。ずっと島に住めるという大きな特権を感謝しつつ、人が陥りやすい不幸の根元である個人的な偽りの愛情に溺れないようにしよう、と固く心に誓ったのだ。

そのため、人々が結ぶ親交はすべて、生徒同士の友情も、修道女と生徒たちの友情も（シスターたちはもちろん問題外だった。彼女たちはアイロンかけ、料理、洗濯その他修道院のありとあらゆる雑用をこなしていたが、ほとんど表だって姿をみせなかったからだ）、原則としてマザー・アルティガスのお気に召さなかった。マザーの意見では、生徒同士の友情は、それが単なる好意にすぎなくても、いつの日かサグラド・コラソンの卒業生と現世の夫のあいだに結ばれる、唯一にして完璧かつ誰も侵すことのできない、結婚という結びつきに対する侵害だというのだ。

マザー・アルティガスが学院長に任命されてからというもの、学院中で監視が厳しくなった。教室も、緑色のブラインドが影を刻む廊下も、休み時間に生徒たちが入り込むほこりだらけの庭の小道も、ひとつひとつに、油断なく警戒の目を光らせる監視がつき、その黒い頭巾が少女たちの笑い声を曇らせ、おしゃべりをささやきに変えてしまった。

しかし、マザー・アルティガスの教育方針は、メルセディタス・カセレスと出会って、すっかり変わってしまった。マザーはこの生徒にだけは大きな愛情を抱き、なにかにつけ寛大で物わかりのよい態度で接したのだ。メルセディタスはその三年半の寄宿生活のあいだ、ずっと模範生で通し、マザー・アルティガスは彼女のために遠大な計画をたてて、個人的に勉強を見てやっていた。弟子もそれを喜びとし、また感謝した。マザーは何時間もかけて、数学や言語学の問題点をメルセディタスに教授し（マザー・アルティガスは外国で科学と文学の学位をいくつも取得していた）、カルロタ・ロドリゲスが入学してくるまでは、メルセディタスのもっとも心を許せる友人でもあった。

　マザー・アルティガスは、激しく燃える心で召命に献身するタイプの修道女だったので、メルセディタスに向かっていつもクレーヴの奥方を引きあいにだし、神の意にふさわしい生き方をするのが霊魂にとっていかに大切かを説いた。絹のようになめらかな舌の持ち主だったから、メルセディタスは、とくに神との婚礼の話を聞くのが好きで、自分もマザーの例に倣いたいと思ったことがあったかもしれない。マザーは聖なる心《サグラド・コラソン》とは「いつか神と結ばれる日のために、信者の魂を浄化する激しい愛の炎」だと言い、聖堂で行なわれる種々のお勤めに極力参加するように勧めた。マザー・アルティガスにとって、信仰心が薄いのはもっともたちの悪い罪だった、というのも、無関心を決め込んでぼうっとしているからこそ、ほとんどの魂が結局のところ地獄に堕ちることになるからだ。メルセディタスはそれからというもの、まじめに努力して九日間の祈りやロザリオの祈り、ベネディクションなどに出席し、毎月、初金曜日の聖体拝領まで受けるようになった。しかし、本気で信仰活動に熱を入れるのは難しく、五、六ヶ月もたつと、ご聖体を受けるのをいつも忘れるようになり、結局、それで保障されるはずだった救いの特権をあきらめなければならなかった。祈禱台のまえに座って、友人たちのいつ果てるとも知れない歌や祈りを聞いていると、お香とユリの花の匂いで気持ちが悪くなった。善行を積んだだけでは天国に行けないというのなら、ただ退屈にしか思えないようなお勤めに励んだところで、なおさら天国は無理だろうと思うしかない。加えて、マザー・アルティガスにはどこか信頼しきれないところがあった。その完璧な容貌と極端に丁寧な物腰をまえにすると、メルセディタスはマザーに一定の距離を置かざるをえず、炎のまわりを飛びまわる蛾のように、惹きつけられたり、また反発したりするのだった。

そういうわけで、あの朝、カルロタがくれたマンゴーを見つけたときのマザー・アルティガスの冷ややかな声は、メルセディタスには意外だった。しかし、命令は文字どおりに受けとって、それに従った。皮からしみだす果汁が引きだしのなかに入れてあるほかのものを汚さないように、注意深く机の隅に置いた。はじめは罰の重さが理解できず、長い授業のあいだにマンゴーから放たれる香りは、過ぎたご褒美のようだとすら思ったほどで、書いたり、読んだり、縫ったりしながら、横目で見つめては、そのハート形の輪郭がカルロタの浅黒い頬に似ているのを発見して喜んでいた。

実際、町では修道女たちを除いて、その年のカーニバルの女王にカルロタ・ロドリゲスが選ばれたことを意外に思う者はいなかった。ドン・アガピートの影響力はいまや町の中枢をになう各界におよんでいて、フアン・ポンセ・デ・レオン委員会にも友人が大勢いたからだ。カーニバルの女王になることは永年の夢だったから、カルロタは委員会で女王に選ばれると、すぐさまその栄誉を受けることにし、ドン・アガピートが自ら学院に出向いて、カルロタがカーニバルの女王の任務をきちんと果たせるように、毎日午後の数時間、寄宿舎から出るのを許可してもらいたいと願いでた。

女王の笏と球が手に入ると、カルロタは目一杯準備に打ち込んだ。毎日側近たちとカジノに集まり、祭りの近代化の一環として、これからは、旧ブルジョア階級の子女だけでなく、私立学校の生徒であれば誰でもカーニバルに参加できると宣伝した。すべてがうまくいっているように見えた。競って仮装行列の役を得ようと、そのほとんどはドン・アガピートの友人の子供たちだったが、カジノのまえに大勢の若者たちが集まりだした。そして、戴冠が決まったときの彼女の熱狂的な気持ちは、さらにエスカレートしはじめる。

祭りを豪華にして評判をとろうと、お随きの馬車を一台ではなく三台にし、銀色のガレオン船が海岸通りに敷かれた青いサテンの上を滑っていくような仕掛けにした。金に糸目はつけずにデザインした自分自身の衣装はもちろん、お随きの騎士と貴婦人の豪華な衣装にも監督の目を光らせた。また、祭りが人気を呼ぶように、音楽はグアラチャとマンボだけにし、気取ったリズムのダンス曲やワルツは黄泉の深みに追いはらってしまった。祭りのあいだに供される食事は、ローレルとコリアンダーで香りをつけ、千年の庶民の知恵が結晶した揚げ方で黄金色に仕上げられる簡素なクレオール料理に決めた。戴冠式は二組のオーケストラの伴奏による恒例の踊りのあとで行なわれることになっていたが、カルロタが玉座を置くように命じたのは、以前のようにカジノの格式張ったホールではなく、町の広場だった。

しかし、カーニバルが昔のようなエレガントな社交的イベントではなくなり、低俗な様相を帯びてきたといって、ドン・アガピートの仲間たちが騒ぎはじめた。祭のまえにカジノの大ホールの扉口で、子供たちの名前が高々と読みあげられるのを期待していたのに、それがないと知って自尊心を傷つけられ、高価な衣装をまとって下層の連中の目のまえで行進することになる、と恐れをなして、娘たちを仮装行列のメンバーからはずし、さらに息子たちにもカーニバルへの参加を禁止してしまった。

　それまで仲良くやってきた若者たちと一緒に自分の宮廷を作りあげることができなくなったカルロタは、町のありとあらゆる扉や壁に、祭りへの参加を呼びかける公告文を貼らせた。サグラド・コラソン女学院、聖イグナシオ学院やリセ・フランセなど私立学校の生徒たちばかりでなく、町のすべての学校の生徒たちが対象になった。結果としてカジノの入口には、問題にもならない農家や場末の町出身の、みすぼらしいばかりかいかがわしい風体の女官長、騎士、郷士など、雑多な人種が大勢押しかけてきて、結局カーニバルの女王の宮廷は彼らを起用して構成されることになった。

　一方マザー・アルティガスは、カルロタ・ロドリゲスを一刻も早く学院から追放しようと、キャンペーンを始めた。侵すべからざる修道院の扉の内側で、長い時間をかけて審議が行なわれ、決定は早すぎず、そうかといって遅きに失することもなく下されたのだが、最初、修道女たちは、せっかく手にした快適さを放棄することになるのを恐れて、マザー・アルティガスの理屈に耳を貸そうとしなかった。

　過激な結論はさけた方がよいというので、ドン・アガピートの気前のよさを指摘し、さらに世間のほとんどの親たちが、時代遅れで廃止すべきだと思っているような規則については、柔軟な解釈が好ましいと述べたてた。マザー・アルティガスの主張は基本的に道徳的な問題だとして、世の中は変わってきており、昔のように社交界へのデビューや一五歳を祝うダンスパーティ、大晦日のパーティなどへの参加を禁止するわけにはいかない、と注意を喚起した。今やサグラド・コラソンの生徒たちといえども、過激に開いた襟元から衆目の面前に肉体をさらし、ルイサ・アルファロやロセンダ・マティエンソがデザインした、流行のボリュームたっぷりの釣鐘形のスカートで着飾っては、その種の催しに出席していたからだ。

マザー・アルティガスは、これらの反論にもめげず、断固として反対の態度を変えなかった。ドン・アガピートは娘を過剰なまでに飾りたてようと懸命で、そのために信じがたい額の金を使っていることを同僚に指摘し、あのとてつもない王国のせいで、彼のスパーマーケットチェーン、ガレオンが破産するのは確実だろう、と声を大にして主張したのだ。

そこで修道女たちは腰砕けとなり、生徒の親がそれほどの経済的損失をこうむるようなことになれば、学院にも災難のとばっちりが降りかかり、常識的に考えて信用はがた落ちになるだろう、と予想される最悪の結果を、怖々と消え入りそうな声で議論するはめになった。この脅迫的な事態をまえにして、彼女たちは、満場一致でカルロタ・ロドリゲスを放校にするという厳しい決定を下した。海外へ出かけたばかりのドン・アガピートが数週間の旅を終えて帰ってきたらすぐに、できるだけ慎重にことを運ぶ、まず、戴冠式で多忙を極めたために顔色がさえないから、休養が必要だということにして、数日家に送り返し、その後健康上の理由で無期限に休みを延長する、という手筈だった。

もしあのときカルロタにあの異常な変化が起こらなかったら、放校は、なにごともなく、ほとんど誰にも気づかれずに成功していただろう。日頃は穏やかな性格のカルロタが、はじめて塗りたくった顔で教室に現れたとき、その日の監視当番はてっきり冗談だと思った。それで、カルロタをそっと呼びつけると、カーニバルの女王役のお稽古なのか、と冗談めかして尋ね、すぐ洗面所に行って顔を洗ってくるように言いつけた。

カルロタは黙って命令に従い、きちんと顔を洗って教室に戻ってきた。しかし、そのおとなしさは、ときとして強力な武器に変わる可能性を秘めていた。ひとりになるとすぐさま、めげもせずにポケットからメイベリンやパンケーキ、口紅などを取りだして、もう一度念入りに化粧をしたのだ。何層にも塗り重ねたために、目鼻立ちが大きく誇張されて、ぞっとするような様相を呈していたが、カルロタは笑いながら、ベニバナやアブラヤシ、アチヨテなど、すべてファアン・ポンセ・デ・レオンの時代に化粧に使われた材料だと説明した。髪の毛はカールさせて頭上にカテドラルのように結いあげてあり、数えきれないほどのブレスレットやネックレスが、オーガンジーのブラウスの上でちゃらちゃらと異端的な音をたてて、行く先々で生徒たちの爆笑を買っていた。

修道女たちはこの見せ物をただちに中止させようとしたが、いくら言い聞かせても叱っても効果はなく、マザー・アルティガスはやむなく、これより先、カルロタ・ロドリゲスと口を聞くことを禁止する、破った者は退学処分という決定を下さざるをえなかった。

期末試験が近く、メルセディタスは再び必死で勉強に専念していた。卒業の日によい結果を出すためには、これまで以上に集中して勉強しなければならない。しかし、目標は日増しに達成が困難になっていた。太っていつも少しのろまな感じの友人が、まだらに塗りたくってあるために、ゆがんだように見える顔をして、黙って廊下を通っていくのを見ると、なにか試されているような気がしたが、それがなんなのか、彼女には理解できなかった。

公然とマザー・アルティガスに反抗してまで、みんなのまえでカルロタ・ロドリゲスに話しかけようとは思わなかったが、食堂でも聖堂でもかならず隣に座り、休み時間にも彼女が仲間はずれにならないように気を遣った。一方、カルロタは何事もなかったかのように振る舞い、つねに悪に報いるに善、の態度をくずさず、ひどい扱いを受けようが、トイレや水を飲みにいく許可がおりなかろうが、笑みを絶やさなかった。

「なんでそんなことをするの？　どうしてお化粧やそういう髪型にこだわるのよ」ある日、休み時間に庭を散歩しながら、放校処分のことには触れずにメルセディタスは尋ねた。カルロタからはなにも聞いていなかったから、噂はほんとうではないという希望がまだあったのだ。

「なぜそんなにたくさんイヤリングや指輪をつけるの？　その髪型やお化粧は一体なんなの？」

遊びに夢中になってまわりを駆けまわる少女たちの叫び声にかき消されて、質問は宙に浮いてしまった。カルロタはあるかなきかの恨めしげな表情を浮かべたが、すぐさま気を取りなおした。

「パパが帰ってきたらすぐに」とカルロタはいつもの調子で言った。「あたしはパパと一緒に家に帰るわ。王国のためにしなきゃなんないことがたくさんあるの。でもあんたの卒業式には時間を作って出席するわ、約束よ」

メルセディタスは友人が放校になるなら、一緒に退学しようかと考えたこともあったが、自分にはそこまで勇気がないことを知っていた。何年も一所懸命やってきたのだ、勉学を捨て、表彰状をあきらめることなどできない。それにしてもカルロタは学院内の卑劣な差別というこの試練を、立派に堪え忍んでいるように見えた。

「あなたが卒業式に来てくれるのなら、わたしも戴冠式に行くわ」そうメルセディタスは言ったが、頭をあげて相手の目を見る気にはなれなかった。

マザー・アルティガスがメルセディタスに課した長期間にわたる罰は、効果を発揮しはじめていた。マンゴーは、はじめはあれほど目を楽しませてくれていたのに、食欲をかきたてたその赤みがかった黄金色は、血のしたたるような赤紫色に変わり、以前のようにカルロタのぴちぴちとした頬を彷彿とさせるどころか、今や殴られて痣だらけの痛々しい頬を思わせるものになっていた。際限もなく続く授業の間中、まえに座ってその肌のかすかな変化に目を凝らしていると、それはまるで大きな血のしずくのように見えてくる。生から死へ移ろうあらゆる階調の色がまき散らされ、果物は残酷な予感ではち切れそうだった。

まるで羽虫の群れが腐った果肉のまわりを飛びまわるように、メルセディタスは、どこにいてもマンゴーのことを考えずにはいられなくなった。休み時間にも、また夕食やおやつの時間にも。もっともひどいのは夜、寄宿舎の鉄製のベッドに横になったときだった。自分のベッドとカルロタのベッドを仕切る、白いキャンバス地のカーテンが夜風に吹かれてあやしげに揺れ動くのを見つめ、ナイトテーブルの上の白い合金の洗面器と水差しを見つめ、揺れ動く仕切りのカーテンの下から、見まわりの修道女の編みあげ靴が、静止した鼻面のような先端を覗かせているのを見つめていると、マンゴーが夜の静けさのなかでゆっくり鼓動している音が聞こえるような気がした。

ちょうどそのころ、学院の長い廊下を歩いているときに、彼女は妙な臭いを意識しはじめた。教室で、また朝食のときにシスターたちが注いでくれるココアのカップをまえに、あるいは聖堂の奥の祈禱台にひざまずいているとき、はては洗面所に入るときまで、自分が息をつめて臭いをさけているのに気づいたのだ。臭いはいつもするわけではなく、すっかり忘れているようなときにかぎって襲ってくる。カルロタも気づいていて、どこから来る臭いなのか、話題になったが、メルセディタスにも答えは見つからなかった。それでも、強く臭ってくるのは修道女が誰か近くにいるときらしく、臭いはあのベールからじめじめ発散しているなにかと密かな関係がありそうだとふたりの意見は一致した。

カルロタの安物の香水が、危険な悲しみに沈んでいたメルセディタスを我に返らせた。ドン・アガピートがやっと娘を家に引きとりに学院にやってきた日のことだ。メルセディタスは本から目をあげ、びっくりして友人を見つめた。生徒は授業時間中に絶対に席を変えてはいけないことになっていたが、カルロタはもう規則などないかのように振る舞っていて、ごてごてと着飾り、香水の匂いをぷんぷんさせながら隣の机に座ると、まったく普通の調子で話しかけてきた。爆発寸前の見まわりの修道女の視線にも、まわりに座っている生徒たちのひそひそ声にも気づいていないようだった。

「あたしを見送りに来てくれる? パパが下で、車のなかで待ってるの。もう用意は全部できているのよ。あたしの荷物は上の部屋にあるわ。よかったら、降ろすの手伝って」

声は落ち着いていた。そんなときでさえ顔は敢然と塗りたくってあったが、内心の不安は隠しようもなかった。分厚く塗られた白粉と頰紅の下で、ぽってりした浅黒い頰がかすかに震えていた。

「いいわ、一緒に行くわ」メルセディタスはそう言って、本を机の奥にしまい、手早くその墓石のような蓋を閉めた。廊下に出ると、カルロタが教室に残って、同級生が数人かたまっているところへお別れを言いに行こうとしているのに気がついた。中庭で友人が出てくるのを待ちながら、メルセディタスはブラインド越しに悲しそうな目でじっとその様子を眺めた。この瞬間が来ることを、もう何週間もまえから恐れていたのだ。しかし、いざそのときになってみると、結局カルロタは出ていく方がよいのだと納得し、ほっとしたものさえ感じていた。友人と別れるのはつらく、これから先、何年も再会する機会はないだろうと思ったが、学校はまた静かになるだろうし、自分もやっと勉強に集中できるようになるはずだった。なによりも、いつも頭から離れなかった、カルロタの身になにか悪いことが起こりそうだという、あの恐怖感からは解放されるだろう。

ふたりは一緒に寄宿舎のらせん階段をあがり、空っぽの寝室に入った。カルロタはベッドの下からスーツケースを取りだし、あっというまにチェストの引きだしを空にして、入っていた身のまわりのものを全部、大急ぎで荷造りした。あっけらかんとした話しぶりや、家具がきしもうが、床が音をたてようが平気で気を遣うことをしないその態度は、メルセディタスの内部に不思議な効果を巻き起こした。部屋に風を入れるために、今、厚いキャンバス地のカーテンが壁際に寄せられている状態で自分のまわりを見まわしてみると、彼女は、自分のベッドと友人のベッド、さらに次のベッドがあまりに近いことがわかって驚き、各房に置かれたナイトテーブルと洗面器、水差し、そして十字架とおまるが、まるで寝室全体が鏡に映っているかのように果てしなく並ぶ光景を見て、すべては夢のなかのできごとであるかのような錯覚を覚えた。

絶え間なくおしゃべりしたり笑ったりしながら、ふたりはベッドから荷物を下ろし、一緒に玄関までの長い道のりを歩きはじめた。腕を組み、大急ぎでらせん階段をおりると、数分後には二階の寝室の入口のまえの、緑色のブラインドがおろされた廊下を渡っていた。洗濯場のまえを通り過ぎるとき、メルセディタスは、シスターたちがセメントの洗い場に身をかがめてテーブルクロスやシーツを洗ったり、アイロンをかけたりしているのを目にした。聖堂のまえでは、仲間が何人か祈禱台にひざまずき、香煙のなかで祈りの言葉をくり返しているのが見えた。飛ぶように進んでいく道すがら、教室やアーチや回廊、シスターたちや少女たちが目に入ってきたが、ずいぶん遠くから見ているような気がした。一方、カルロタの方はまったく落ち着きはらっている様子で、カーニバルが始まる日付を忘れないように、メルセディタスに念を押した。カルロタがなぜ出ていくのか、ふたりのあいだでそのほんとうの意味が問われることは一度としてなく、戴冠式の準備に身も心も打ち込めるのは嬉しいということだけが話題になった。

どんどん急ぎ足になり、教室へ続く廊下を横切ろうとして、メルセディタスは再びほっと息をついた。友人が来るのを待ち伏せて、なにか意地悪な言葉を浴びせようと、教室の戸口や扉のうしろに隠れている者はひとりもいなかったからだ。少女たちは本の上にかがみ込んでいるか、教師の言うことに耳を傾けていて、ふたりが通るのを顔をあげて見ようともしない。メルセディタスは先ほどの悪い予感をすっかり忘れ、ことはうまく運ぶだろうと信じて疑わなかった。玄関の扉口でカルロタにお別れの挨拶をしている光景を思い浮かべた。最終的に自分の背後で扉が閉まってしまったら、その先なにをするかも、どこへ行くかも考えずに、学院のなかへ戻って行かなければならない。

するとそのとき、再び顔いっぱいにあの臭いが襲ってきた。メルセディタスはすぐに立ち止まり、用心してカルロタの腕に手を置いたが、それは黒々とした修道服の群れが、自分たちのまわりを半円形に取り囲み、行く手を塞いでいるのに気づいたのと同時だった。

マザー・アルティガスが一歩まえに出て、ゆっくりとほかの修道女たちから離れた。ひだをよせた紗のベールを身体のまわりにそよがせ、カナリア産の敷石をそっと音もたてずに踏みしめながら、白いアコーディオンのようなひだのついた頭巾に囲まれた顔を、まるで明るい小窓から外を見るように、こちらの方へ向けていた。今のマザーの顔はこれまでで一番美しい、とメルセディタスは思った。マザーはほほえんでいたが、そのほほえみはあたかも凍りついた傷だった。

メルセディタスはカルロタのスーツケースをそっと床に置き、カルロタにもそうするように身振りで合図した。と、同時に、マザー・アルティガスの真っ白い手に、薄暗い玄関では胸に下げた十字架像かと見まがう、トレド製のステンレスの大きなはさみがきらりと光ったのに気づいた。マザーの陰になっていたふたり目の修道女が、両手で白い洗面器を捧げ持ち、カルロタの方へ一歩、踏みだすのが見えた。その後続いて起こったことは、まるで夢のなかのできごとだった。

温もりを残したカルロタの巻き毛が、床に落ちるのが見えた。カルロタは身じろぎもしない。はじめて肘まで剝きだしになったマザー・アルティガスの石膏のような腕が、友人の頭の上で動き、髪の毛をきれいさっぱり切ってしまった。それでもカルロタは動かない。マザーはおつきの修道女の手からスポンジを受けとり、刺すような匂いのすみれ色の泡がたつ洗面器の水に浸した。カルロタはまだ動かなかった。カルロタの顔の線にそって、マザーはゆっくりと、優しいといってもいいくらいにスポンジをあて、唇や眉、まぶたの細い縁に沿って一本一本あんなに苦労してくっつけたまつげなどを落としていった。カルロタが大いなる誇りをもって作りあげた顔は、完全に消えてしまったが、なお、カルロタはなにもしようとはしなかった。

メルセディタスは彫像のように押し黙って、マザー・アルティィガスが喚くのを聞いていた。憎悪の嵐にあおられたようにマザーの口から飛びだしはじめた言葉には、呪いと、メルセディタスが生まれてこの方聞いたこともないような、あられもない悪態がこめられていた。「自分を何様だと思ってんの、汚らわしい黒ん坊のくせして。料理女も女中もつとまらないおまえが、女王なんかになれるはずがないじゃないの。玉座とやらにあがるだって？　下種と下品がきもの着たみたいなものだわね。おまえがここに足を踏み入れたあの日がいまいましい！　教育を受けさせたいなどといって、おまえを連れてきたあの時刻、あれが不吉の始まりだった。私たちの聖なる心《サグラド・コラソン》を侮辱して！」

マザーはしゃべりながら、抓ったり、突き飛ばしたり、小突いたりして、カルロタが着ていた制服をずたずたに引き裂いていった。カルロタは狼狽して、荷物を床に置くことも忘れていたが、殴打の雨から身を護ろうとしてついに両手をあげてしまったから、スーツケースは床に落ちて蓋が開き、中身がそこら中にぶちまけられた。メルセディタスは足元に散乱した衣類や靴や本などを見て、一気にすべてを理解した。そして、ゆっくりとマザー・アルティィガスに近づき、振りおろそうとするその手を止めた。マザーは驚愕して振り向いた。自分が止められたことにではなく、メルセディタスがあえて自分に手をかけたことに驚いたのだ。

「もう十分でしょう、マザー」メルセディタスは、そう言っている自分の声を聞いた。

マザー・アルティガスは二歩ほどあとずさりし、あらんかぎりの憎悪をこめて彼女を睨みつけた。ふたりのまえでは、頭をざんぎりにされ、制服のあちこちが裂けて肌をあらわにしたカルロタが、打ちのめされた大きな獣のように、声をたてずに泣いていた。メルセディタスは近づいていき、腕をその肩にまわした。

「わたしがなにを考えているか、わかる?」彼女はほほえみを浮かべて言った。「あなたがしようとしてくれたことに感謝しているのよ。でも、もうその必要はないの。わたしの罰をあなたが持って帰らなくてもいいのよ、臭いがどこでしているのか、わかったからよ」そしてかがみ込むと、床に散らばっている衣類や本の中から、例のものを明るみに引きだした。それは悪臭を放ち、腐りきって、まわり中にタールのような不吉な液体を滴らせていた。

「どうぞ、マザー」と、メルセディタスはマザー・アルティガスに進み寄って深々とお辞儀をしながら言った。「これがマザーのサグラド・コラソンです。マザーにこれを差しあげますわ」

鏡のなかのイソルダ

I

展望の丘の上から、地平線のかなた、さとうきび畑が果てるあたりに、カリブ海が鉛色のナイフのように浮かびあがっているのが見えた。その日はとても大気が澄んでいて視界がよく、いつも車で丘まで散歩にくるサンタクルスの住民も、こんな景色をまえに見たのはいつのことだったか、思いだせないくらいだった。人々は、町を取り巻く工業団地の上の澄みきった空を驚きの目で眺め、これはその夜ドン・アウグスト・アルスアガの屋敷で祝われる結婚披露のパーティと、なにか関係があるにちがいないと噂しあった。

この何年ものあいだで、巨大なパイプをぎっしり並べたような青黒い工場の大煙突が、その化け物じみた粉塵を吐きだすのを止めたのは、これがはじめてだった。異常ともいえる透明度に恵まれたもので、住民たちは、すぐさまみんなに知れわたり、記憶にもしっかり刻まれてしまった、あのとてもほんとうとは思えないできごとについて、細部をつけ足したりけずったりしながら、とりとめのない詮索をしはじめた。一九七二年五月のその夜、この場所で町はじまって以来、北米人と地元の人間、産業界の新興勢力とさとうきび農園主とが一堂に会することになっていた。彼らは、ドン・アウグスト・アルスアガの権勢絶大な屋根の下で、食事をし、踊り、シャンパンとラム酒で乾杯するだろう。住民たちは車から降りて、できるだけ快適に過ごせるように、細い梢の下の、化学物質が一面に堆積したこぶだらけの岩にゆったりと座り、足元で展開しつつあることの成りゆきを、気楽に見物していたのだった。

その丘には古いフリゲート艦のマストがまだ立っていた。かつてそこには、大きなブロンズ製の白と赤の二個のカンテラがつり下げられ、海賊船が沿岸に姿を見せたとき、見張り番が町へ合図を送るのに使っていた。今、丘の上からはふたつの景色が遠望できる。ティンティジョやとげだらけのタマリンドなど、無骨な植物でささくれだった石灰岩の山のうしろは、板張りトタン屋根の粗末な小屋(それは、鳩小屋にみせかけて観光客の目をひこうと、町当局によって、希望の緑色、カナリアの黄色、情熱をかきたてる赤など、明るい色に塗られていた)がごちゃごちゃと並ぶタバイバ地区だ。この地区はできてから百年以上たっていて、最近になって化粧直しをしたものの、見たところたいして代わり映えはせず、以前と同じ急勾配の埃っぽい道路は、ほんのちょっとした雨で通行不能の泥流と化し、豚や鶏や山羊などが地下の虫喰いだらけの柱のあいだをガヤガヤと走りまわっていた。便所(以前は糖蜜用の桶を使っていたが、今はドン・アウグスト・アルスアガの工場で不用になったディーゼル油のドラム缶を利用している)も元のままで、全体として外国人の目を惹く風変わりな景観となっており、もっぱらこの景色を写真に撮るために、観光客がよく展望の丘に登ってくる。

その時刻、険しい丘の上から、人々が、男性も女性も、お仕着せの入った洋服箱をかかえて、あたふたと行ったり来たりしているのが見えた。たぶんその夜、ドン・アウグストの家で手伝いを始めるまえに着替えるのだろう。テーブルセッティングや皿洗いのほか、スナックの盆を招待客にまわしたり、台所でコックの助手を務めたりすることになっているのだ。この地域の住人の約半数が、夜も八時を過ぎればアルスアガ邸のどこかにいるはずだった。手伝いにかりだされた者のほか、屋敷の巨大な鉄門のまえで、自家用車から降りてくる招待客の出入りを、ただ立って眺める者や、赤紫色のパンジーで彩られた柵の外側で、ダニエル・サントスの終わりのない調べや、黄金の閃光のようなセサル・コンセプシオンのトランペットを聴きながら、長い時間を過ごそうという者もいるからだ。

息が詰まりそうな小路が縦横に入り組んだ山裾に、掘っ建て小屋がまるで岩に群がる昆虫のようにへばりつく場末の町の反対側に、もうひとつの景色が開けている。展望の丘の下に広がる海側の町で、こちらの方はここ数年でずいぶん様変わりしていたが、まわりを帯のように工場に取り囲まれてしまったとはいえ、町と工場地帯を結ぶ道には燃えるような昼顔の花が咲いて、今なお印象的な風景となっていた。最近になって建てられたレストランや劇場、商店などと好対照をなして、瓦礫となった植民地時代の建物の脇に、旧市街の遺物が挑むように聳え、南海の真珠《ペルラ・デル・スル》と呼ばれた町の記念碑は、骨組みだけを残してほとんどが塵と化している。かつて名門だった農園主たちの旧邸では、四フィートの厚みを持つモルタルの壁にアカンサス文様の壺が並び、扉は漆喰でできた天使が捧げもつ薔薇の花冠で飾られていて、海上に凍りついた砂糖の泡を真似た、きめの荒い石灰が至るところに塗ってあった。ボンバス公園のムデハル様式の透かし彫りは、夕方の重苦しい光線の下で見ると、まるで逆光を利用して巧みに切りぬいた黒と赤の折り紙細工のようだった。アテネ劇場の記念碑ともいうべき切妻壁は、アクロポリスからひとつずつ運ばれた石で作られたといい、町から追われてぶらぶらしている子供たちに言わせると、雪に彫刻したことになっていた。

年月とともに、また時代が進むにつれて、半ば取りこわされ、半ばくずれおちたこれらの通りは、そのとき、ドン・アウグストの結婚式に招待された客たちを運ぶ、最新式のパッカードやキャディラックなどのごたいそうな車でごった返しており、それぞれがその日のパーティのための、最後の仕上げにてんてこ舞いをしていた。お仕着せを着た運転手が、車を美容院や理髪店の店先に横づけにして、主人をおろしたり拾ったりするかと思えば、その夜、ご婦人方のキッドの手袋の手首や入念に結いあげた髪を、エキゾチックな鳥類よろしく飾りたてる、蘭のコサージを受けとるために、花屋のまえに駐車するといった具合だ。いらいらと鳴らされるクラクションの音や、ミラーやクロムのフェンダーの輝きが、午後のめくるめく光のなかに反響し、桁外れの祝宴のお祭り気分を盛りあげていた。

グレーのベルベットのカーテンが掛かった車の窓から、サンタクルスの金持ち連が首を傾げて挨拶しあっていた。誰がどの店に入り、どこから出ていったかを見届けて、パーティに招かれているのは誰で、招かれていないのは誰か、誰が袖にされ、誰が幸運にもその夜ドン・アウグスト・アルスアガの寛大なる尻にぶら下がることができるのか、予想をつけるためだ。町でこうしたパーティが催されるのはこれがはじめてではない。つい最近まで、メンバーのほとんどが大農園主やさときび関係の大物で占められていたペルラ・デル・スルの社交界は、豪勢なパーティを催すことで有名で、さとうやラム酒業界の実力者たちが、ためらうことなく可能なかぎりの贅をつくしたものだ。しかし、最近ではその種のパーティもすっかり性格が変わってしまった。ラム酒産業の最盛期は三十年以上もまえのことで、さとうきび貴族はすでに町の支配者層から脱落し、農園も地所も銀行の抵当に入ってしまっていたのだ。

政治的実権の大部分はいまだにドン・アウグスト・アルスアガが握っていて、少なくとも市長や市会議員たちの任命、解任権は彼の手中にあった。しかし、今や彼もコンダル銀行の重役たちや、サンタクルスの各銀行に多大な出資をしている外国資本と手を組んで確実な事業を展開している商人、弁護士、実業家などと協調せざるをえなくなっている。砂糖やラム酒業界の実力者たちはといえば、議席から華麗な演説を朗々とやってのけていたのが（太綾織りの背広に身を包んで、キケロばりの修辞を駆使して練りあげた草案を読みあげて）、今や昼夜逆転したように、別種の虚勢を張って、灯心を両端から燃やすことに夢中になり、自分たちの家の土台を窓から投げすてるのに力をふりしぼって後悔するふうでもなかった。

解決策がないことは明らかで、場合によっては、自らの不幸の代理人、コンダル銀行の外国人投資家たちを、パーティに招待せざるをえないところまで追いこまれていると噂されていた。教養も学もあった彼らは、野蛮人に包囲されたのに気づいた古代ローマ人のように、あるとき、自らの内臓を食いつくしながらゆっくり死んでいくことを選んだ。そして、莫大な財産から引きだしたものを飲みつくし、食べつくして、農園を維持できなくなると、町にある屋敷に引っ越して、その堅固な建物に閉じこもった。

一方、外国人と共にコンダル銀行の執行部に加わった地元の新興ブルジョアジーは、旧上流階級の崩壊の現場に敢えて立ちあおうとすれば、息子やそのまた息子たちの上に、いつか公正な人々の血が降りかかるだろうと信じて、彼らのパーティに個人的に出席することを拒み（外国人の投資家たちがときにそうしたように）、はては農園主の子息が自分たちの家の敷居をまたぐことも禁じたばかりか、子供たちがその種のパーティに招かれたりすると、無垢の血筋を汚す企みだと決めつけた。農園主たちが「黄金の液体」と名づけたご自慢のラム酒で大理石の浴槽をあふれさせ、そのなかで古代ギリシャの高級娼婦のエレガンスを気取る妻や娘たちが、町の売春婦の挑発的な態度を真似て執りおこなう共同の命名式を、怒りに声を震わせながら公然と非難し、さとうきび農園主たちが最近になって取り入れた習慣、邸宅の立派なネオクラシック様式の門をくぐるときに、太綾織りのズボンのなかでペニスを抑えながら挨拶したり、パーティの出席者を口にするのもはばかられるような乱交に誘って、悩ましい町の暑さをしのぐため、さとうを詰め、はては雪まで詰めた枕を置いたベッドに連れ込んだりする野蛮な悪習を、声をひそめ、怒りで顔を蒼白にしてあげつらった。それで、もう何年もまえから、新興階級の子息はさとうきび貴族の子息の家に行かなくなり、さとうきび貴族の息子が新興階級の息子を訪ねることもなくなっている。

船がどちらに傾いているかを見極めて、北米の投資家たちと手を組んだサンタクルスの新興実業家たちは、モダンなアメリカ風のライフスタイルにあわせて建てた、実用的で機能にすぐれた現代的な石造りの自宅から、ラム酒業界の大物たちがコロニアル風の大邸宅で催すお祭騒ぎを軽蔑の眼で眺め、日々刻々急速に崩壊していくその有様を話の種にし、彼らがほとんどいつも酒気をおびて、旧式のパッカードや埃だらけのハドソンを正面扉口からカテドラルのなかに乗りいれ、クラクションを鳴らしながら祭壇まで運転していったり、月夜に中央広場の噴水で、石膏のライオン像が吐きだす色とりどりの水を裸になって浴びたりするのを、決して法的手段に訴えようとはしなかったものの、恐怖のまなざしで眺めていた。

さとうきび貴族への非難は、新興の金持ち連が家のなかで大げさに噂するだけの個人的な範囲を超え、あたかもお家の一大事といわんばかりの、公然とした報復行動へ発展していった。サンタクルスの銀行家たちは、外国人の投資家たちと、コンダル銀行の奥にある大理石の会議室で集会を持ち、地元の農園主たちへの貸付を少しずつ縮小するよう、彼らを説きふせたのだ。不安が増す一方のラム酒貴族たちの経営状況だけを引きあいにだしたわけではない、そこでは、世間の「噂」の的になっている明白な事実が問題になった。

すべてを進めるにあたって、主導権を発揮したのは、実業家夫人や銀行の重役夫人たちだった。町の品位を保とうと立ちあがることを決意した夫人たちは、週ごとの婦人会の集まりや、教会の慈善行事、ブリッジや手芸クラブなどで、銀行の顧客たる者には高度の道徳的な振る舞いが要求される、と根気よく説いてまわった。「何回聞かされたかわからないわ」と夫人たちは言うのだった。「それも家事で忙しい最中によ。夫に熱いコーヒーを淹れているときはポットの柄にかけた手を止めて、繕い物をしているときは手に持った針を止めて、聞かされるの。誰それさんに融資を断ったのは、自殺未遂の噂が、耳に紛れ込んだ虫みたいにこちらの敏感な鼓膜に届いてきたからですって。何某さんの抵当を差しおさえることになったのは、公序良俗に反して愛人を高級レストランへ連れていったからだそうよ。いくら名門だからって、なにをしても許されるなんてこと、ありえないでしょ。品位は維持してもらわないとねえ」

結局サンタクルスでは、品位や節度を保ち、私生活でも誠実に振る舞うこと、さらに宗教的義務をおろそかにしてはならないという一条までが、ラム酒貴族たちの度を越した蛮行への反動として、コンダル銀行で融資を受ける際の最良の担保、最高の信用状になったのだ。こうして、離婚、家庭放棄、あるいは自殺をしたりすれば、その損失は計りしれず、町の教会の日曜日のミサには、いつも大勢の人々が詰めかけるようになった。

こうしたなかで、ドン・アウグストは中立を決め込んでいた。町のゴシップ騒ぎに口を出すのは、はしたないと思ったからだ。銀行の幹部や地主たちからは絶大な信用を得ていたから、米国の投資家たちは近づけずにすんでいた。そういうわけで、産業のほとんどがすでに米国人の手に握られていた首都と違って、サンタクルスでは建設資材の工場はまだ彼の手中にあった。

驚くべきことに、ラム酒貴族同様、ドン・アウグストが戦時中に財産を築いたのは、皮肉にも今、すべてを乗っとろうとしているその外国人のおかげだった。ちょうど三四年前、一九三八年の終わりごろ、ドン・アウグストは小さな製鉄所の主人で、主に製糖工場の機械や部品、自分で設計した美しいアーチ型の橋に使う梁や鉄棒、橋桁などの製造で生計をたてていたが、製糖業が不安定で、機械や部品の注文がいつもあるとはかぎらないのが、つきない悩みの種になっていた。

その年の一二月のある日、ドン・アウグストは自宅に合衆国海軍の士官グループの内密の訪問を受けた。当時カリブ海域はドイツの潜水艦の脅威にさらされていて、島中に軍事基地を増設し、道路網や倉庫、空港を整備せざるをえない状況にあった上に、ヒトラーがいつイギリスに侵攻するかわからない、という極秘情報もあり、島にイギリス軍艦をすべて避難させられるだけの数の大防波堤を作る必要にせまられていたのだ。海軍士官たちはこの目的にそって、すでにルーズベルトロード湾を選んでいた、というのもこの湾なら海側はビエケス島とクレブラ島から防備できるため、東側の海岸線すべてが本国にとって小さな「地中海」となるからだった。

「あなた方の風変わりな島が、やっと英雄的な役割を果たすことになりますよ」士官たちは、ドン・アウグストに向かってにこやかに言った。「いつもこの奇妙な地形にはどこか胡散臭いものを感じていました。西側を見ると犬の頭みたいだし、東側は魚の尻尾。いったい哺乳類なのか、両生類なのかと思いましてね」

海軍士官たちがあの危機にのぞんでドン・アウグストに援助を乞うたのは、彼も父親と同様、合併を主張する政党の熱心な党員だったからだ。軍事的な問題点が明らかになると、さっそく事業を拡大するのに必要な貸付けが優先的に行なわれ、そのおかげでルーズベルトロードの大防波堤工事をはじめ、ヘンリ・バラックスやロジィ・フィールドなど、軍事基地の強化が進められた。

ドン・アウグストには、米国人に好意を持ち、彼らを友人だと考える大きな理由があった。彼の父親ドン・アルナルド・アルスアガは、独立戦争で一族のほとんどが革命派によって銃殺されてしまったのちに、キューバから逃れてこの島に住みついた人間だった。スペイン人を憎悪していたが、それも当然で、やっとこで爪を抜かれる、焼炭を皮膚に当てられる、煮えたぎった油の鍋に浸けられる、オリーブやレオン産のケッパーを漬け込んだ塩水で活を入れられる、といった拷問を自ら経験していたのだ。

ドン・アルナルドが息子とサンタクルスにやってきてから十年目に、マイルス将軍が率いる艦隊が、町の堤防に向けて大砲を構え、この地区の軍司令官だったマシアス将軍に使者を送って、一二時間以内に降伏しなければ町を砲撃すると通告した。将軍は抵抗を試み、「祖国の狩人」軍の三個中隊を町の周囲の要衝に配置したが、なんの役にもたたなかった。ことの次第を知るとすぐに、サンタクルスの住民たちが司令部のまえに集まってきて、栄養不良のスペイン軍など、みんなで追い散らしてやると脅しをかけたからだ。ドン・アルナルドが作戦の先頭に立ち、同じように何年もまえからこのときが来るのを夢見ていた大勢の人々を指揮していた。米国人が民主主義と進歩と自由を実現してくれる、当時のサンタクルスでは、住人のほとんどがそう確信していたのだ。マシアス将軍は群衆の怒りをまえに震えあがり、黙って広場を明けわたした。

ドン・アルナルドはこのあとすぐに突発性の胸膜炎で死に、孤児となって遺産もなしに取り残されたアウグストは、父の異母兄弟で鍛冶屋をしていた叔父のドン・ホセ・イスキエルド・アルスアガに引きとられた。この叔父は粗野な教養のない男で、自分の甥をいつも下男か工房の下働きのようにこき使った。しかし、アウグストはよくこれに耐えた。明るく忍耐強い性格だったから、彼にとっては崇拝すべき英雄であった米国人が、いつの日か、きっと思いもかけないときに、自分の人生を変えてくれるだろうと信じて、落ち着いていたのだ。結局は叔父が死んで、彼は鍛冶屋のラ・フラガを引き継ぎ、数年後にはそれを製鉄所にまで発展させた。マシアス将軍の司令部に立ち向かったドン・アルナルドの武勲を決して忘れていなかった米国人たちが、新しい基地の設備を整えるために協力して欲しい、と訪ねていったあの製鉄所だ。

第二次世界大戦が終わったとき、ドン・アウグストはすでに金持ちになっていた。その後の二十年は平和だったため、そこそこの繁栄を享受し、美術品を飾るギャラリーの建設に没頭することもできた。しかし、ここへきて対外債務の天文学的増大という事態に直面して、本国が島への投資に対して一層の高利を課すようになったため、島へ輸入される工業用の石油価格が高騰しはじめて、災難がドン・アウグストの上にも覆い被さってきた。製品の製造コストが突然膨れあがり、ジェネレーターやタービンが必要とする電気は、まるで金のしずくといった有様。ドン・アウグストの資金がいくらあったとしても、これほどの出費に長く耐えられるものではなかった。

あの夜、アドリアナ・アルスアガが夫のためにひそかに用意した無邪気な贈り物が、あれほど重大な結果をもたらしたのは、そういう事情があったからだ。埃の舞う展望の丘の頂上に集まってきたサンタクルスの住民たちは、急勾配の道路端の岩に列を作って座り、あるいはタマリンドやティンティジョ、ケネポなどの木の下に陣取って扇子で涼をとっていたが、ドン・アウグスト・アルスアガの華々しい二度目の結婚式の日が、アルスアガ工業帝国崩壊の日になろうとは、誰も予想だにできなかった。

II

アドリアナがガブリエルを見送りに空港まで行った日の午後に、すべては始まったのだった。ガブリエルから贈られた薔薇を手にデッキに立ち止まり、彼が飛行機の搭乗口へ向かって、果てしなく続く通路を遠ざかっていくのを眺めながら、寂しさと同時に、そこはかとない開放感が足の裏から這いあがってくるのを感じたちょうどそのとき、アドリアナはドン・アウグストからはじめて声をかけられた。息子を見送りに来ていたのだが、ガブリエルがようやくアドリアナの側を離れたあとも、彼女を見つめたまま目を離さないでいたのだ。張りのない灰色がかった髪が一房、額にかかり、それが老いた青年のような奇妙な印象をかもしだしている。ドン・アウグストは彼女に向かってわずかに身をかがめ、形だけ帽子のつばに手をかけた。

「まえにお見かけしたことはありますが、たしかご挨拶したことはありませんでしたね」ほほえみながら、申し分なく仕立てられたラシャのジャケットのなかで恥ずかしそうに身をすくめ、そう切りだした。「ドン・アウグスト・アルスアガといいます。ガブリエルの父親ですが、お名前を伺ってもよろしいかな」

アドリアナは自分の悩みで頭が一杯で、老人が近づいてきたことに驚く余裕もないまま、上の空で挨拶を返した。

「アドリアナ・メルシエルですわ、はじめまして」

アドリアナはもう一度、旅人の方へ目をやった。彼は上着を肩にかけ、エンジンが巻きおこした突風で髪を乱したまま、だんだんと小さくなっていく。その姿を見ないようにしながら、ほほえもうと努めたが、今にも涙がこぼれそうになって、目のなかで小さな氷のつぶが溶けでもしたように、細かくまばたきをした。ガブリエルは昔の冗談を思いだしてか、笑いに身をゆすりながら、時々立ち止まって別れの手を振り、あらためてふたりに背を向けると、足早に出口の方へ進んでいった。

重すぎるから超過料金を取る、と航空会社のカウンターで脅されたために、ガブリエルから郵便で送ってくれと、その場になって頼まれた本の包みを右腕に、燃料の臭いに包まれて、アドリアナはすべてが終わったのを悟った。ガブリエルはもう島には戻らないだろうし、約束はしたものの、自分が彼と一緒になるためにヨーロッパへ行くこともありえない。疲れていた。午前中ずっと抑えてきた孤独感がふいによみがえった。務めは最後まで果たしたと、彼女は自分自身を褒めた。すべてうまく行くように最善をつくし、ほほえみ、優しくし、愁嘆場を作らないようにして、あとで血が噴きだすような痛みとともに記憶によみがえる非難を投げつけるのも避けた。ガブリエルは自分の理想を夢見て去っていく。彼は彼女がキャリアを捨てて彼と結婚し、世の果てまでもついてきて、一緒に幸福な家庭を築くことを望んでいたのだ。彼の幸運を祈り、立ち去ろうとしてきびすを返したそのとき、アドリアナはドン・アウグストに腕を取られたのに気がついた。きっと真っ青な顔をしていたにちがいない。顔色が悪いが、どこかに座った方がよくはないか、と穏やかに礼儀正しく尋ねる声が聞こえた。

おとなしく言われるままに空港のカフェテリアに行き、コーヒーをごちそうになる。湯気をたてるカップをまえに、老人の同情的な視線に映る自分の姿を見て、突然くじけそうになり、恨みがましく見つめ返しながら、この人のまえでは絶対に泣くまいと我が身に誓った。しかし、そう思う端から大粒の涙がふたつ、ゆっくりと頬をつたって落ちた。ドン・アウグストは黙っていた。ただ上着の内ポケットからあのとてつもなく時代がかった大判のハンカチを取りだしただけだった。店にオレンジとレモンの香りが満ちた。

「もうそんなハンカチを使う人などいないと思っていましたのに」彼女はそう言うと、涙の奥から果てしなく広がるハンカチが差しだされるのを見て、ほほえもうとつとめた。

彼はほほえんだ。質問もせず、答えもせずに。向かいに座ったまま、こういうときは思いつきでなにか言うより、ただ側にいることが大事だとわかっていたから、彼女が気をとりなおして落ち着くのを待ち、表情が和らぐのを見てとると口を開いた。

「あなたを見ると、私の「世界の絵画館」にある、一枚の絵を思いだしますよ。イソルダの死、という絵だが、ぜひお見せしたいものですな」

彼女がテーブルから目をあげないのを見て、優しい声でつけ加えた。「なにがあったのかは存じませんが、私の歳になってごらんなさい、深刻に考えたりはしませんよ」

彼もまた淋しいのだろうか、それならば、はじめ疑ったようになにか魂胆があるわけではなく、不幸を分かちあいたくて近づいてきただけなのかもしれない、とアドリアナは思った。手に老人特有のしみがあることや、重心の不安定をおぎなうために、座るとき少し前屈みになることに気づき、ご子息はなんの目的で旅行に出たのかと質問してみた。

「目的? 目的ですって?」老人はまだ丈夫な白い歯を見せてもう一度笑いながら、椅子の上で背筋をまっすぐに伸ばした。「勉強ですよ、もちろん。ガブリエルはソルボンヌでしばらく勉強することになっています」

しばらくのあいだ沈黙し、話題を変えてつけ加える。「それにしても驚きですな。まったくもって驚きました。私の絵のイソルダも、たった今、こうして座っていらっしゃるあなたと同じように、右手にカップを、左手に薔薇を一本持っているのですよ。絵画館はサンタクルスにあります。そうです、ガブリエルが生まれた町で、島の南部ではもっとも重要な町です」

アドリアナは時間がもったいないと思った。こんな男に足止めをくわされるいわれはない。見にいくつもりなどまったくない絵のことで、はっきり言ってわけのわからないごたくを並べるなんて。そういえばガブリエルにその絵画館の話を聞いたことがある。言ってみれば世界の不思議の八番目として、父親が老後の楽しみに夢中になっているとか。でも彼女には見てみようという気持ちはさらさらなかった。ドン・アウグストに、息子の旅の目的は留学だと教えてもらった礼を、さも信じた振りをして言い、立ちあがろうとしたちょうどそのとき、アーモンドオイルのようにやわらかな声で、ドン・アウグストがつけ加えた言葉に、アドリアナはぎくりとした。「ただ、カップには毒が入っているのですよ。一方、薔薇は切りとられたばかりで、間違いなく愛の贈物です。イソルダはどちらを選べばいいかわからないのです、毒か、それとも愛か」

アドリアナはドン・アウグストの顔をまじまじと見つめた。夢が覚めて取り乱している馬鹿な娘とでも思っているのだろうか、それとも彼女とガブリエルが別れたのを喜んでいるのか。ただし、ふたりが一緒に棲んでいたのを知っているのかどうかは定かでない。アドリアナは肩をすくめ、もうそれ以上考えないことにした。

立ち去るまえにコーヒーを飲みほそうと、カップに手を出したとき、ドン・アウグストがそれを止めた。まるでほんとうに毒が入っているみたいに、彼女の手をそっとカップから離すと、洗練された、しかもやさしい仕草でその手にキスをした。ずっとあとになって、アドリアナはこのときの様子を思いだすことになる。
「あなたは違うと、わかっていますが」と、老人は言った。「でも、ときには愛の茶番劇に賭けてみることも必要ですよ。犬でさえ、そう、ひとりぼっちになれば吠えるものです」

III

長いあいだ、アドリアナがドン・アウグストを思いだすことはなかった。しかし、三ヶ月たったある朝早く、大きな赤い薔薇の花束が届いた。さくらのような大粒の珊瑚の首飾りをした、浅黒い肌の女が描かれた絵の複製絵はがきが添えられていたから、送り主が誰かはすぐにわかった。イソルダは右手に黄金の杯を、左手に薔薇を一本持っている。裏には典雅な筆跡でメッセージが書いてあった。「いつになったら、午後、時間をとって私の絵画館に来ていただけますかな？　いつの日かふたりのイソルダを見くらべてみたいという希望を、私はまだ捨てていません」

花瓶に水をいれて花を活け、絵はがきを化粧台の鏡の、ガラスと縁飾りのあいだにはさんで立てた。顔のまわりに渦巻く影を作りながら髪をとかし、その間中絵に見入った。たしかに、自分と絵のモデルには似たところがある、でもそれを認めるのは面白くなかった。女をエキゾチックに描こうとして、かえって甘ったるくしつこい絵になっている。不愉快だった。

なぜアウグストはこの絵はがきを送ってきたのだろう、どうして会いたいと言ってきかないのか。

息子にとってかわろうというあの執拗さ、この期におよんで、愛の茶番劇に自らの存在意義を見いだせるはず、と彼女に言い張る執念はふつうとは思えない。彼の財力をもってすれば、その足元にひれ伏す女たちはいくらだっているだろうに。年齢の差など、彼と結婚する幸せを考えればなんの障害にもならないはず。見なくてもすむように絵はがきを裏返し、絵を鏡に向けて差し込んで、音をたててドアを閉めると、部屋から出て階下に降り、車を止めてある場所にいそいだ。

午後五時、毎日大学から戻るいつもの時間に、アドリアナは、父親が巨大な羊歯の陰になった坂道を登ってくるのに出くわした。父が自分で羊歯の種をまき、雑草を刈り取って舗装した道だ。彼女は財布から鍵を取りだしてドアを開けた。父は立ち止まって、迎えに出てきた犬たちを撫でた。「夕食の支度、手伝おうか」娘にキスしながら父は言った。父親は、こういう風に気配りを絶やさない人だった。もっとも家や車や家具など、財産のすべては過酷な軍規の賜物であることを、娘に忘れさせることは決してなかったが。アメリカ軍の中尉だったころと同じように、毎朝五時に起き、夜一〇時ともなれば母親ともどもぐっすり寝入っていて、いつでも警護の役を果たせるように、マスティフ犬がベッドの脚元に横になっていた。

アドリアナは家に入るとまっすぐ台所に向かった。病気をするまえは、家事はすべて父がやっていた。壁を塗ったのも、屋根に防水処理をほどこしたのも、家具にニスを塗ったのも、畑や家のまわりの庭を辛抱強く耕したのも、すべて父の仕事だった。しかし、貧困を克服して手にしたこの空間で、アドリアナは息が詰まりそうだった。それは、永遠に仕事をしつづけることこそが人生であり、そこに住む人間の正当性はそうやって再確認される、と言わんばかりに、絶え間のない激しく熾烈な行動で手に入れたもので、そこでは夢を見たり、昼寝をしたり、いたずらにピアノを弾いたりするのは、すべて許しがたい罪だった。

タマネギを刻むために戸棚からまな板を取りだしたとき、背後におぼつかない父の足音が聞こえ、「Need any help, darling? なにかすることがあるかい?」と言う優しい声がした。アドリアナは父が英語で話すのを聞くといらいらする。それは両親が島に戻ってきてから身につけた習慣で、彼女には決して慣れることができないものだった。いやそうに頭を振って窓越しに谷間を眺める。辺りは暗くなっていて、はるか遠く、かつてガブリエルが彼女の両脚になぞらえたことのあるふたつの丘のあいだに灯がともりはじめていた。「丘のあいだを降りてくる車の灯が見えるだろ? 道は暗くて見えないけど、灯がその輪郭をなぞっているのが」あのとき彼は言ったのだった。「まるで僕たちが愛しあっているとき、君の両腿をつたって落ちるしずくみたいだ」突然、ガブリエルの思い出がこみあげてきてあふれそうになり、一瞬、めまいがした。ガブリエルとの関係はいつもこうだ。一緒にいると、強烈な欲望で文字どおり身体の芯まで溶けるのに、その感覚が長続きすることはなく、離れていればやり過ごすのは難しくなかった。

休めていた手を動かして黄金色の皮をむき、突然襲ってくる強い刺激に時折目をしばたたきながら、たまねぎとにんにくを軽快で容赦のないスタッカートで刻みはじめた。

「家にいるんだから、パパ、英語は使わないでよ」きっとした調子で言い返し、すぐに後悔した。心臓発作を起こしてから、父は家にこもることを余儀なくされていて、ほとんど身体障害者のように暮らしていたのだ。軍人としてのキャリアはあきらめなければならず、仕事といえば家の雑事をするくらいで、掃除や片づけをし、草木に水をやり、家族の帰宅を待つ日々だった。軍人一家として、彼らは長らくヨーロッパで暮らした。母は将校クラブの看護婦で、父はつい最近まで領事館付き武官だった。ドイツ、スペイン、イタリアに駐在したが、アドリアナにとってはどこも同じだった、というのもいずれも教育は基地の学校で受け、いつも英語で話していたからだ。

アドリアナは手を動かしながら「ロンダの夜」を歌いはじめた。最後の母音を強調し、KBM放送のティラとタペテのショウのなかで、ゴルダ・デ・オロがわざと下品に発声する喉音の真似をした。幸いにして家に長くいることはなく、両親のために夕食を作るとすぐ、また首都まで出かけていく。そのころもうひとつの生活を始めていたのだ。コンダド地区の、毎晩違うバーで舞台に立つというもので、その日はラ・ピアノラで一一時ちょうどに始まるはずだった。次の日はラ・グルタ、その次の日はラ・ブタカ、さらに次ぎの日はエル・コトリートの予定になっていた。

楽しい仕事だった。あの街に入っていくと、不思議な喜びを感じた。それは、町の薔薇色の桟橋に深夜静かに接岸する船から投げすてられた、無数の紙テープと紙ふぶきが、海から吐きだされたごみと一緒に飛びから浪費の巷だった。経歴が傷つきかねない危険な仕事であるのはわかっていた。事実、すでにいくつものホテルから歌わないかという誘いを受けていたし、クラブの興業主に気に入られて、ショウに出るのも難しくはないと思っている。合衆国に住んでいたころから、自分の体型、もやがかったような肌の色と整った対称形の顔立ちが、外国人観光客に絶大な人気を博しているのを知っていた。デビューしたいと思う一番のお気に入りは、もちろん、バンダビルト家の夏の別荘だった古い建物をホテルにした、コンダド・バンダビルトだった。

傾斜のある青いスレート屋根に、パリっ子好みのマンサードがついたフランス風の館が、澱んだコンダド潟湖といつも高波のたつ大西洋のあいだの、コンクリートでかためられた砂嘴の上に建っている。以前は砂糖菓子のような白砂だった場所で、この光景を眺めるとアドリアナはうきうきしたものだ。ビアリッツの椰子の並木道を歩くのも好きだった。張りぼてのペニス、電動の自慰器具、ピンク色の布製ペニスやゴム製の女の上半身、極めつけのポルノ映画館、永遠不滅のゲイバーなど、ホンキートンクな店が軒を連ねていたからだ。町のこの地区はかつて「カリブ海のゴールデンカップ」と呼ばれていたという。バンダビルト家の邸宅が、当時の電信電話会社の社主で、付近ではブラザーズ兄弟として名が通っていたベン兄弟の家の隣に、平穏無事に建っていた時代のことだ。首都の地元ブルジョア連がルーズベルト家やフォード家と肘つきあわせて踊り、えりぬきの名家の子息たちが、太綾織りのウェアを着込んでテニスやブリッジ、西洋すごろく《バックギャモン》などをして遊び、T型フォードに乗ってバンダビルト家のベルサイユ風庭園の縁をさっそうとドライブしていた。自分たちが外国人からたとえ水一杯おごられることはありえない、と決定的に思い知らされるまえだった。ニューポートの社交界は彼らを避けたのではない、まるでレプラのように忌避し、自分たちの「進歩的なパーティ」や「ベルモット・シャンペン」から彼らを永遠に閉めだしたのだ。地元の人間との交際は、イギリス風に距離をおいて、ロールスロイスやベントレー・コンバティブルから、マフラーかキッドの革手袋を如才なく振る程度にしておくべきだった。黒人のくせして偉そうに、一体何様だと思っているのかね、とベン兄弟は電話口で近所の人たちに言ったものだ。こうして地元のブルジョアたちは、家系の一番デリケートな部分を傷つけられ、ずたずたにされて、屋敷もクラブもフランス風の格子窓を閉鎖し、「ゴールデンカップ」は侵略者たちに戦利品として遺して、グリーンヒルズやガーデンビルなどの高台に引っ込んでしまった。

地区はまたたくまに荒廃した。地元の人たちの邸宅は海に蚕食されて、骨組みが錆び、継ぎ目がくずれ、扉が風にあおられて音をたてていたかと思うと、瓦礫に海藻が根を張りだした。そうすると成金たちや、例によって北の抜け目のない連中が、メキシコのポンチョやニカラグアで採れた木の実のネックレスなどをトランクに詰めて侵入しはじめた。今や島を訪れるようになったいい加減な旅行者や、ウールワースの化粧品売り場の売り子たち、ニューヨークのデパートから来ている足のむくんだ店員たちに売りつけようというのだ。ステッキを手に、襟にカーネーションをさしてプラプラ帽をかぶった新入りの事業家たちは、地元のブルジョアたちの邸宅を買い取って、ハイチやサントドミンゴ生まれの少女たちを使った売春宿や、ローストビーフとロブスターのレストランを開いて、商人たちの大評判をとった。かつてバンダビルト家が船に満載したシャンパンやフォアグラを陸揚げした、今は落ちぶれた港に、夜ごと新しい侵略者の波が押しよせた。

この侵略はバンダビルト家にとってあまりにも酷だった。だから地元のブルジョアたちが引き揚げてしまったのち、彼らもすぐに首都から出ていったのだ。閉鎖されたノルマンディ風の館は、北から来た山師の手に落ち、ただちに「ラグタイム・ホテル」に変身させられた。彼女はそこで働きたかった。きらきらしたスパンコールのついたドレスを着てロビーを横切り、螺旋階段を登って「牧神の中庭」に出る。そして、四隅の噴水から噴きだす、それぞれ色の違うシャンパンに照らされた中庭の、グランドピアノのまえで歌うか踊るかしてデビューするのだ。かつてジョー・バジェやダニエル・サントス、ボビー・カポなどの伴奏をつとめたピアノのまえで。

また「ロンダの夜」をハミングし、少し声を変えて、今度はルス・フェルナンデスの思わせぶりなハスキーボイスの真似をした。

「Please darling, don't sing so loud! I'm watching the last lap of the Superbowl! 頼むから、そんなに大きな声で歌わんでくれ！ スーパーボールの最終戦を見てるんだよ」先ほどの非難に気を悪くして、テレビを見に引っ込んでいた父親が、隣の部屋からどなった。

「英語、英語、英語、英語、いつだってどこでだって英語なんだわ！」ピーマンと、小さな司教の帽子のような形をした唐辛子を、怒りにまかせて切り刻みながら、今度はアドリアナが言い返した。

「区別されちゃいけない、人と違っちゃいけないっていうんでしょ！」台所からだと、いくら怒ってもたわごとにしか聞こえない、と彼女は気がついた。

手の甲で涙を振り払い、隣の部屋に入り、静かに父のところに行くと、頭にキスをした。父親を責めているのではないのだ。ドイツやスペインの基地の、対称形に規則正しく建ち並んだ家々の思い出のほかに、アドリアナには忘れることのできない思い出があった。バフラオンダのスラムにあった、バルコニーのついた寄せ棟屋根の小さなあばら屋の思い出だ。彼女はそこで生まれ、大きくなった。父が朝鮮戦争から帰還したとき、僅かばかりの地所は外国企業に売り払われてすでになく、父は妻と子供をしぼむことのないしゃぼん玉にくるんで、ヨーロッパへ渡ったのだった。

「You must learn to speak English without an accent! なまりのない英語を覚えなさい」というのがスラムを出て以来の、子供時代のモットーだった。「You must learn to speak English without an accent!」父は飛行機のなかでも、空港でも、基地のなかに同じ形で並び建つモノポリゲームのような家々のなかでも、くり返し言い、ついに自分がバフラスの混血農民《ラディノ》の息子として恥ずかしくない存在であることを証明したのだ。ドイツでもスペインでもこのモットーは功を奏した。メルシエル・デ・コアモ家もスッチ・デ・シアレス家（スッチは母の苗字だ）も、英語を母語とする家ではなかったことに、気がつく者はいなかった。

父親は娘と一緒に台所に戻り、赤い横木のついた傍らの椅子に座った。毎朝サンファン・スター紙を読むときに座る椅子だ。アドリアナはタマネギを炒めはじめ、クレオールの台所の守護の天使、きつね色のタマネギの香りがふたりを優しく包み込んだ。彼女はまた歌いだした。今度は低い声で、底にちょっぴり皮肉をこめて。「ボリンケンの地よ！　我が生誕の地……」横で父親は娘の方は見ずにほほえんだ。

「そのメロディはオリジナルじゃないそうだよ、ラ・リンダ・ペルアナから借りたんだそうだ、知ってたかい？」父はためらいがちに言って、刻みにするコリアンダーを一枝、娘に手渡した。アドリアナは笑い声をあげて完敗を認めた。

その夜、また化粧台の鏡のまえで、不確実な自分の将来に思いをはせた。父と母が余生を送るつもりで島に帰ってきたことは確かだ。しかし、それは条件つきの中途半端な帰島だった。だからこの場所を選んだのだ。物理的には首都に近い。しかし、実際にはアプローチの難しい場所で、森のなかを気まぐれに行ったり戻ったりしながら延々と続く、曲がりくねった道路網に入り込まなければ行き着けない。父親は家が建つ丘から下に、決して降りていこうとしなかった。家は半ばスイスの山小屋風、半ば郊外の住宅然としていて、天井には松の木の梁が渡され、パイ生地の形をした木のバルコニーがついていた。バスルームはぴかぴかの化粧タイルで、大きなガラス窓から、まるで外国の絵はがきのようなサンファン湾が眺められ、特別に空気が澄んでいれば、モーロの要塞まで見渡すことができた。一方、母親が「高台」から降りるのは、米軍基地へ行くときだけで、看護婦としての使命を果たして、また家に戻ってくる生活だった。

ピンクのチュールの笠がかかったテーブルの上の常夜灯が、自分の浅黒い肌や、黒玉《アサバチェ》の指輪のような黒髪を照らすのを眺めた。その縮れた髪は、以前住んでいた世界では、いつも自分が異質な、まわりにいる白い肌の気が抜けたような少女たちとは異なった人間であることのしるしだった。これまでのように、ずっとひとつの世界から別の世界へ移り住みながら人生を送るのだろうか、そう考えるたびにアドリアナは恐ろしくなった。

音楽院では、冴えない島の文化環境のなかでは才能が埋もれてしまうから、ヨーロッパで勉強するように、と勧められていた。しかし、家の経済状態では音楽院を卒業できるかどうかさえおぼつかない。ピアニスト兼歌手としての収入では食べていくのがやっとで、父の病気で学費の支払いは困難になりつつあり、奨学金でももらわなければ、大学の最終学年に進んで学業を終えるのは、絶対に無理な相談だった。

がむしゃらに髪をとかしはじめた。上に向けて百回、下に向けて百回、寝るまえにとかすのが日課になっている。鏡に顔を映して見て、確かに、自分にはドン・アウグストが送ってきた絵はがきのエキゾチックな女性に似ているところがあると思った。鏡の枠の溝から絵はがきを取りだし、化粧台の上の自分の正面に置く。絵のなかのイソルダの、顔のまわりで竜巻のように黒々と渦巻く髪の毛の様子にはどこか不吉なものがあった。アドリアナはブラシを化粧台の上に置き、両手で自分の髪をつかんで、服喪の垂れ幕のように両頬のまわりにまき散らした。

またガブリエルのことを考えた。その後の消息はまったくつかんでいない。音楽院を卒業できないとすると、自分の将来は暗いものになるだろう。この家に残り、両親の友人たちの接待につとめて、たぶん、そのなかから夫を見つけ、ガラス玉のなかで庇護されて世界をまわるのだ。ドン・アウグストのことを考えた。あの日空港で見た、息子のスーツケースと手荷物を持って懸命になって行ったり来たりしていたドン・アウグストの姿、いつも唇に浮かんでいたあの優しいほほえみと、親身になって心配そうに腕をとって支え、慰めようとしてくれたあの仕草を。ガブリエルが遠ざかっていったとき、その通路の縁でよろめいた自分の姿が目に浮かぶ。飛行機のエンジン音とDC10のタービンがまわりに巻きあげる埃のなかに、ガブリエルの姿は消えていったのだった。鏡に写った自分の髪のめくるめく波のなかの蠱惑的な竜巻の中心に、すべてが浮かんで見えた。イソルダのように自分の運命を決定しないのは最悪だと、そのときアドリアナは思った。毒入りの杯か薔薇の花か、憎悪か愛か、いつまでもどっちつかずにしておいてはいけない。

机のまえに座り、引きだしからペンと紙を取りだして落ち着いて書きはじめた。きちんとした書体で、筆を止めて考えることもほとんどせずに書き、翌日の朝早く、手紙をポストに入れた。結局ドン・アウグスト・アルスアガの招待を受け、一日休みを取って、世界の絵画館を訪ねることに決めたのだ。

IV

中心街には早く着いた。左右対称に刈り込まれたマホガニーの梢が影を落とす広場で、ドミノに興じていた男たちが、世界の絵画館への道を教えてくれた。暑さがものの影をくっきりさせ、燃えるような空気が、その獰猛な明るさでビルの周囲を切りとり、建物を外に押しだして、劇場の粗雑な舞台装置のように見せている。この街を訪ねるのは子供のとき以来だったから、すっかり忘れてしまっていた情景だ。首都でなら、大西洋から涼しい風が吹いてきて、街行く人の頭も身体もすっきりさせてくれるのに、ここではそれがないことに気がついた。溶けてやわらかくなったアスファルトの舗装から立ちのぼるアルカリ性の湯気のなかで、動く努力をするだけで消耗してしまうのか、見たところ、暑さで催眠術にでもかけられたように、彼女を見る人々の目には生気がなく、まばたきをするもゆっくりだ。

子供のころ、伯父か叔母を訪ねて両親と来たときの、サンタクルスのあの暑さと、息が詰まりそうな感覚をはっきり思いだしたが、町はあのころより一層悪くなっているようだ。町なかに入るには、新しくできた工業地帯を通りぬけなければならないが、そこでは工場が排出する化学物質が、スモッグとなって絶えず空から降りそそぎ、おしゃれな通りやコロニアルスタイルの建物は、触るとすぐ溶けるくせにあとがべとべとする、コウモリのような灰色の被膜で覆われていた。

そこから早く抜けだしたくて、車のアクセルを踏み、町を横切って、絵画館まで行った。それは確かにあっと驚くような建物で、豪華なことにかけては、二〇マイル四方にあるほかのどんな建物にも勝っていた。シエナの石材で造られた巨大なゴシック様式の修道院を、回廊や控え壁、怪獣を模した吐水口ともども、すべてカリブ海の熱帯の海辺に移築したもので、なかに入ると、汗で濡れた赤い花模様のコットンのサマードレスから剝きだしになった肩に、冷房の風が優しく当たるのを感じた。名前を告げ、天使の彫刻がある教会の椅子に座って、ドン・アウグストが出てくるのを待った。どの部屋にも宗教的な装飾があって、至るところで香炉や赤いキャンドルがちらちらとまたたき、絵のまえには花であふれた花瓶が置かれて、祭壇装飾のような効果をあげている。しばらくすると、ドン・アウグストがゴシック風の廊下を通って、年齢を思わせない軽快な速足で近づいてくるのが見えた。非の打ち所の無いイギリス製のギャバジンのスーツを着用している。

「世界でもっとも美しい女性である、もうひとりのあなたのまえに立つ栄誉を与えてくださって、なんとお礼を申しあげたらいいか」アドリアナのまえまで来ると、ほほえみながら彼は言った。

「でもそのまえに私の絵画館にご案内しましょう」

じゃまにならないように、すかさず彼女のバッグを受けとり、警備員のひとりに預けると、やさしく腕を取って順路を指し示した。

ふたりは香がたきしめられた部屋をいくつも通り過ぎ、老人は油絵やブロンズ像やデッサンの名品を指さしながら彼女を案内した。とりわけ油絵はその多くが女性を描いたもので、おびただしい数の絵が頭上でひしめきあい、壁は床から天井まで絵で一杯だった。

「たくさんありすぎるのではないかしら?」アドリアナは、乱れ髪を胸元に垂らすか、そこはかとない哀れみにみちたポーズで揺らめく、ニンフや王女や聖処女などの絵の、気違いじみた森のなかをゆっくり進んでいきながら、めまいを感じて質問した。とくに絵を照らす赤いろうそくが気になった。

「一部は地下にしまっておいたら、もっと落ち着くのでは」

「それはだめです、アドリアナ。絵は人間と同じで光がないと。地下にしまわれた絵は窒息して死んでしまいます。女性の肖像画はいっそうひどいことになる、色が失せて細かいひびが入り、ニスがはがれてビタミン不足の娘の肌のようになってしまいます。鑑賞する者の眼差しが女たちに栄養を与え、存在しつづける力となるのですよ。さらに、絶えず状態を調べ、修復してやらねばなりません。ときには顔をカスティリャ産の石鹸で洗って、何世紀もの垢を落としてやることもありますよ。ほかにも、フレームの上に拡げてくさびを締めつけたり、ニスをかけたり、ワックスをかけたり、布張りを変えたり。私の絵のご婦人方はとても気性が激しくてね、実際、彼女たちの健康を維持するのは並大抵ではありませんよ。まるで繊細な女神といったところです」

アドリアナは不思議そうに彼を眺めた。ドン・アウグストには、無邪気でしかも優しいなにかがあって、とても親しみを覚えた。きっと話し相手もほとんどなく、淋しいにちがいない。ふたりは先に進み、ドン・アウグストが世界の絵画館を作りあげたいきさつをこと細かく説明しはじめた。コレクションを始めたのは、今は亡き妻、マルガリータがまだ健在だったころで、はじめは妻も熱心な美術コレクターだったこと、旧大陸がまだドルの天国で、美術品あさりにとって多様で無尽蔵な宝庫だった時代に、一緒にヨーロッパを旅したことなどだ。ふたりは数え切れないほどの美術品、骨董品を持ち帰った。これがコレクションの始まりで、はじめは屋敷の客間の壁に大事に飾っていた。しかしその後、ドン・アウグストが次から次に絵を、それもほとんどは女性の裸体像（バロックの、またスペイン、イタリア、フランスなど国籍にこだわらずに）を購入するにつれて、家は絵に侵略された形になり、ときには多すぎて凄まじい様相を呈するに至って、マルガリータが脅威を感じるようになった。ドン・アウグストは自分よりも、絵のなかの女たちを余計に愛していると、思い込んでしまったのだ。

ドン・アウグストは妻をなだめようと、あの女たちは無防備な影にすぎない、なかには幾世紀もの年寄りだっているのだと説明したが、マルガリータは理不尽にも、マグダレナやフリネやサロメに対する夫の思い入れが、結婚生活の調和を乱しているといってきかず、結局はドン・アウグストも妻の抗議に譲歩せざるをえなかった。しかたなくそのとき住んでいたのとまったく同じゴシック風の屋敷を建てて移り住むことにし、マルガリータ言うところの「ハレム」は、健全なる家庭から隔離された。二年前に妻が亡くなり、最近になってガブリエルが外国に行ってしまったので、ドン・アウグストはひとりぼっちでそこに住んでいたのだ。

老人の楽しげな声が心地よく響き、アドリアナはなにも考えず、なにも心配する気がせずに、夢見心地で噴水から流れる滝の音を聞いていた。それぞれの部屋の中心に、黒花崗岩に彫刻をほどこし、白いユリの花を浮かべた噴水があった。フランスの邸宅から持ってきたという古い石が敷き詰められた床を踏んで歩くと、自信というか、力のようなものが沸いてくるのを感じた。まわりを見まわし、水のざわめきと交じりあう自分の乾いた靴音だけが、そのとき部屋のなかで聞こえるほとんど唯一の音であるのに気づいて、ほかに訪問客はいないのかと窺ってみると、彼らは影のように音もたてずに、夢幻的なろうそくの光に照らされて、廊下の角々をすりぬけ、つま先立ちで歩きながら、始終声をひそめ、敬虔な抑えた調子で話していた。

ついに本来は食堂として使われていた、「イソルダの死」が展示されているメインルームまでやってきた。四方の壁は、レイノルズやイングレス、ゲインズボロなどの、生気のない女性たちの肖像画で一杯になっている。金メッキがほどこされた肘掛け椅子に寄りかかったり、気を失って古色蒼然としたカーテンに倒れ込んだりしているが、みんなこの世の不幸とはかけ離れた、同じ表情をしていた。アドリアナはイソルダの絵を取り囲む中世の噴水の縁に座って、ここを訪問したのは間違いだった、学業を終えるための奨学金を出してくれと、この老人に頼むことなどとてもできないと思った。しばらく手を冷たい水に浸し、流れに押されて揺れ動くユリの花をもてあそんだ。

「あざやかな赤ではなく、ヒヤシンスの青を着ていらっしゃるべきでしたね」ドン・アウグストが言った。「ヒヤシンスの青はイソルダの色です。誠実を表す色だからです。しかし、まあそんなことはどうでもいい。いずれにしても、これほど似ているとは驚きですな、実に驚いた。もやがかかったような、ほとんどオークルと言っていい肌の色が同じ、手に負えない縮れ髪も同じだ」

アドリアナは絵のまえに戻って、そのすべすべした表面を注意深く観察した。状態は完璧で、まるで昨日描かれたばかりのように見えた。イソルダの頰にはまだばら色の青春の輝きがあった。入念な宮廷風のドレスの斬新な襞が、宝石が散りばめられた釣鐘型のスカートと相まって素晴らしい効果をあげている。半透明のニスの層に覆われて、筆のあとはほとんど認められなかった。

イソルダの頬が健康色に輝いているのを見て、アドリアナはがっかりした。「それじゃあ、うそをおっしゃったのね。金色の杯に入っているのは、毒ではなくて、媚薬なのに」彼女はとがめるように言った。「まあ、結果は同じだったわけですけど。イソルダの物語はよく覚えていますわ。愛の没薬のせいで死んだのでしたね。マルコス王を裏切ることになって」

絶対に頭は下げないし、お金をねだるのもやめよう。「それに、この女は好きじゃないわ。こんなに気取ってめかし込むなんて。これを描いた人の過激な愛国主義が見え見えですもの」絵のなかのイソルダは事実、噴水の水を真似たおかしな髪飾りをつけていた。アドリアナは真珠が連なったような完璧な歯並びを見せてほほえんだ。もしも絵のなかのイソルダがほほえむことができたなら、きっと嫉妬したにちがいない。

老人は驚いて彼女を見つめ、それから突然、そのきれいな銀髪をした頭をのけぞらせると、鈴を転がすような声で笑いだした。笑いの鈴は力強くはなかったが、やさしさに満ち、感嘆の念がこもっていた。

「あなたはほんとうにかわいらしい人だね。まるで贈物が一杯つまった箱みたいだ」やさしく彼女の腕を取ってドン・アウグストは言った。「あなたの意見がどんなに嬉しいか。聡明で洗練されていて、自分の頭できちんと考え、誰であろうと追いつめる。あなたの勝ちですよ。これからはもう、私の絵のイソルダを、世界でもっとも素晴らしい女性と呼ぶことはできませんな」

会話が老人の頬を染め、彼女を見る眼は輝いていた。出口の方へ歩きながら、アドリアナは老人のピンク色のこめかみと、完璧な仕立てのスーツに身を包んだその男らしい背中に見とれずにはいられなかった。「媚薬ではなく毒だとしても、杯がほんとうに黄金でできているのなら、きっと飲む決心をするでしょうね」その部屋をあとにしながら彼女は考えた。数分後、アドリアナは招待に応じて、来週も世界の絵画館を訪ねる約束をしていた。

V

六日後の土曜日、アドリアナは館に早く到着し、先週と同じように座り心地の悪いベンチに腰掛けて待った。入念にドレスアップし、顔を金色に輝かせて見せるつば広の大きな帽子をかぶり、青いヒヤシンス色のスカートとブラウスを着て、髪を同じ色のリボンで結んでいた。しばらくしてドン・アウグストが廊下のひとつを通って近づいてくるのが見えた。側まで来ると、手をとって口づけをし、ほほえみながらささやいた。「私のイソルダの今日のご機嫌はどうかな？　死に至るまで私に忠実でいてくれるかな？」この訪問のために選んだドレスの色のことを言っているのだとわかったが、アドリアナは気がつかない振りをした。

ふたりは並んで歩いた。大ホールの横手にはめ込まれた隠し扉のところまで来ると、ドン・アウグストはポケットから鍵を取りだして扉を開け、ふたりはアラバスターの円柱で囲まれた静かな回廊に出た。高い壁の上から、ジャスミンの房が、白い小さな星を散りばめたくすんだ緑色の滝のように流れ落ちている。ここでも束になったユリの花が、中央の冷たい水が流れる黒大理石の水路に沿って、左右対称に置かれていた。花壇のなかにはギリシャかローマのものと思われる彫像がいくつか、葉の陰に半分埋もれて、ある者は逃げるような恰好をし、ある者は植え込みのなかに立ち止まって、ここぞとばかりにその美しい肉体をさらしていた。アドリアナは小道のひとつに分け入り、数歩進んだところで、小さなあずまやに昼食のテーブルが用意してあるのに気がついた。銀糸で縁取りをしたダマスコ織りのテーブルクロスから、楽器の鍵盤のように、皿の両脇に並べられているフランス製の銀器に至るまで、すべては非の打ち所のない趣味で統一されている。ふたりは黄金色の竹細工の椅子に座り、再会を祝して乾杯した。グラスは紛れもないバカラの響きをたてた。アドリアナは、決まって見えない手によって食卓が用意され、招待客が食べ終わると、テーブルクロスが魔法のように持ちあげられる、子供のころによく読んだおとぎ話を思い起こした。

「ドン・アウグスト、あたし……」

「お願いだから、ドンはつけないでください。私を哀れと思って、アドリアナ、この白髪としわをです。老いは自覚するだけで充分ですよ」

「こんな質問をしてもいいかしら、アウグスト」アドリアナはとりなすように言った。「なんの目的でサンタクルスにこんな立派な絵画館をお作りになったのか、知りたいものですわ」

「人はパンのみにて生くるものにあらず、ですよ、アドリアナ」ドン・アウグストは答えた。「芸術は、宗教や人生におけるすべての偉大なものと同じように、ひとつの神秘です。そして神秘は証さない方がよい場合があるのですよ。サンタクルスの人々はここにきてなにかを得、自分たちを混乱させている悪しき情熱を純化して、生きつづけるための理由を見つけるのです」

アドリアナは心の底から笑った。なぜ至るところに縁起でもないろうそくが炎をくゆらせているのか、訪問者たちがなぜ静かに敬虔な低い声で話し、豪奢な廊下を爪先だって歩いているのか、ただちに理解したからだった。ドン・アウグストは首都のナイトクラブの常連たちとたいして変わりがなかった。一方は自分たちのロマンティックな夢を育てるためならなんでもやる気の人たちだが、他方彼にしても人々の救済を夢見て同じことをしている。次に出てくるはずの言葉を推しはかりながら、彼女は控えめでほとんど無防備なポーズをとった。そしてシャンパングラスの脚を持ってゆっくり飲みほすと、極めつきの薄いバカラの縁越しにドン・アウグストにほほえみかけた。

「わかりもしない傑作のまえでばかみたいにうっとりしてみたところで、生きてゆくための理由を見つけることとなんてできませんわ。絵の学校でもお作りになった方がいいのではありません？　あるいは音楽学校とか、彫刻とか……なんでもいいのです。そうすればあたしももっと頻繁にあなたをお訪ねできますわ。あたしは今、音楽院のピアノ科四年生ですけれど、父が病気で退学しなくてはならないかも……」

ついに爆弾を落としてしまった。そしてすぐ自分自身に嫌気がさしたが、まあいいではないかと考えた。思い切って言わなかったら、もっと落ち込むだろう。ドン・アウグストの顔は見ようとせずに、さらに真剣な顔でつけ加えた。「政府の奨学金を申請しているところですけど、ご存じのように、民間の援助も期待できないし、今のこの国の経済状態では……」

ドン・アウグストはびっくりして彼女を見、「音楽院の学生だったとは知らなかった、アドリアニータ」と、優しく言った。「そうですか、なるほど、芸術という超現実的なものに対して、ちゃんとした意見を持っていらっしゃるはずだ。ご心配にはおよびませんよ、奨学金を差しあげます。今日にも、世界の絵画館からあなたに必要なだけお貸しするように手配しましょう」アドリアナは黙っていたが、アドリアニータと呼ばれたことで心は開いていた。足の裏から小さな幸せが昇ってきて、脊髄のひとつひとつに入っていくのが感じられた。

自尊心がじゃまをして、感情をあらわにはしなかったが、それでも率直にお礼を言った。するとすぐに元気がでて、気持ちが楽になった。ドン・アウグストに対して厳しい態度をとりはしたが、結局彼は寛大な人間だった。首都で聞いた噂はほんとうなのだろう。何十万ドルもの金を大学や老人ホーム、病院や町のいくつもの慈善団体に寄付しているということだった。その上彼は洗練された上品な趣味の持ち主だ。そうでなければこのような美の殿堂を造ることはできなかっただろう。噴水から流れでる水が、信じられないほど透き通ったまわりの光に溶け込んで、ふたりの心を大いなるやすらぎで包み込んだ。中世の回廊や彫刻や花々など、そこにあるすべてが凍った息を吐きだして魂を浄化し、そうやって青春のみずみずしい力が保たれているように見えた。目のまえには、まわりを新鮮なパセリで飾った青磁の皿が置かれ、ビナグレットソースを添えたロブスターが、レタスで造った柔らかな扇の上で赤いとさかのように身を丸くして、美味しそうな匂いを漂わせていた。

アドリアナはドン・アウグストに目を注ぎ、彼が皿の左側から先が三つに分かれた小さなフォークを静かに取りあげたのを見て、それに倣おうとした。しかしそのまえに、司教冠の形に折りたたんで置いてあった、手元の真っ白なナプキンを膝の上に拡げようとして、思いがけないものを発見した。

　ナプキンを拡げると、その襞の下に小さな黒いビロードの箱が隠されていたのだ。急に顔に血が昇るのを感じ、おまえは馬鹿か、間抜けかと自問した。まさか、それほどのうぶではあるまいに。「ご好意には感謝いたしますわ。でもなにも頂くわけにはまいりません」言ってから、自分の声の冷静さに驚いた。

　ドン・アウグストは無邪気に皿から目をあげ、何事もなかったように食事を続けた。

「もしもあなたが、私が昔から知っている絵のなかのイソルダにこれほど似ていなかったら、こんなずうずうしいことはしなかったでしょう」ドン・アウグストは冗談めかして言った。「しかし、あなたを知ったあの午後から、いつの日かこれを身につけたあなたを見ることができるのではないかという、途方もない無謀な考えに取りつかれて、私はこの小さな贈物をポケットに入れていたのです。受けとってくださっても、断っても、アドリアナ、どちらでも構いませんよ。見返りを要求することはいっさいありません」

　アドリアナは小箱から指輪を取りだし、人が自分には到底手が届かないものを手にしたときよくするように、ほとんど茫然としながらうやうやしくそれを指でつまんだ。「両親の財産をすべてあわせても、この宝石の台さえ買えないでしょう。天文学的な数字になるはずですわ」感嘆の面もちで言い、右手の薬指にはめると、目を近づけて嘆賞した。

　ハート型の二十カラットはあるアクアマリンが、手の甲で青色の輝きを放った。「指に大きな氷の塊を載せているみたいで」と、彼女はつけ加えた。「はめていると、すぐに疲れてしまいそうですわ」しかし、宝石の屈折した輝きは彼女の目をとらえて離さず、光がさまざまな角度からあたるように手を動かしながら、しばらくじっと見つめていた。

「あなたのハートですよ、アドリアニータ、澄んだ空から落ちてきた一粒のしずくです」ドン・アウグストは言った。「理想と希望に燃えたあなたに、私がどれほど心を動かされているか」

アドリアナは宝石をはずさずに食事を続けたが、涙を飲み込むために、何度も目をしばたたかなければならなかった。嬉しくて泣いているのか、怒りのあまり泣いているのかわからなかったが、なにがなんでもあと戻りはすまい、と自分に言い聞かせた。ふたりは静かに食事を続け、二度とこの話題は持ちださなかった。デザートの時間になって、給仕が柱のあいだから影のようにそっと現れて皿を下げ、ふたりのまえに雲色のとんがり帽子をこんもりとのせた背の高いグラスを置いた。そして、それがレモンシャーベットだと気づいたそのとき、ドン・アウグストが、ついにあの話を、アドリアナがその午後ずっと恐れていたあの嘘のような申し込みをしたのだった。

「私と結婚してください、アドリアナ、明日にでも。好きなだけ勉強させてあげると約束しますよ」

VI

結婚式の日取りは二ヶ月後と決まり、アドリアナは準備のため、家族とともにサンタクルスに引っ越した。ドン・アウグストの寛大さはとどまるところを知らなかった。彼の経済援助のおかげで父親は町一番の病院で手をつくした治療を受けて、健康を取りもどしはじめ、母親は仕事をやめて、看病に専念できるようになった。ドン・アウグストはサンタクルスで懸案になっているいくつかの仕事の片がついたら、首都に引っ越そうと約束してくれた。音楽院の学費を出してくれるだけでなく、卒業したあとはヨーロッパに移って、最高のマエストロについて音楽の道を続けられるようにしてくれるはずだった。

結局、ドン・アウグストは彼女を熱愛していて、天の命令にでも従うように、彼女のちょっとした気まぐれも大事にした。幻想の世界に浸って生き、自分の絵画館を教会に、芸術を秘教の域に高めようとしていた彼に、彼女もまた反対するはずもなかった。

「いずれにしても」とアドリアナは思った。「ドン・アウグストのお役にたてることは色々あるわ。たとえば、あたしがよい人生を送れるよう助けてくれるのと同じに、よい死を迎えられるよう助けてあげられるもの。あたしたちは互いに不足を補いあうのよ、いつの日かきっと、これを愛と呼ぶことができるでしょう」

婚礼の準備の一環として、ドン・アウグストは館の庭園の化粧直しをした。フランス人の建築家と契約を結んで、庭の真ん中に見晴らしのよいあずまやを造らせ、自分で「愛の宮殿」と名づけた。建物が完成すると、なかに大理石のビーナス像を置かせた。彫像の顔は、美人であれば誰にでも共通する、古典的な冷たい美しさを持っていた。しかし、その裸体を見たとたん、アドリアナはひそかに老人の想像力と大胆さに舌をまいた。それが自分の身体の正確なコピーであることに気づいたからだ。彼女にならわかってもらえると思って、こっそり撮った写真を彫刻家に送ったのだろう。

「貞節のビーナスだよ。だからこそ栄えある場所に置いたのだ。我々の婚礼を取り仕切ってもらおうと思ってね」ドン・アウグストはほほえみながら言い、命令どおりに全面がヒヤシンスで飾られた彫刻の台座を指さした。暗黙のうちに彼女を讃えながら、悪気なくひそかな冗談を楽しんで、ほとんど無邪気に沈黙を通しているドン・アウグストに、アドリアナは結局のところ心を動かされた。

サンタクルスに着いて数日後、ドン・アウグストは自分の「世界の工業帝国」の景観を見せたいと言い、一緒にオフィスへ行こうと彼女を誘った。ふたりは防弾加工をされたエレベーターでビルの二十階まであがった。オフィスに着くと、ドン・アウグストは手紙を何通も口述し、内線電話を何本もかけ、パリに電話して美術品のオークションに入札し、工場の責任者に製造上の注意を与えた。アドリアナはすぐ退屈になり、立ちあがって窓際に行ったが、そこからの工場の眺めにはうんざりさせられた。絶えず層をなして巻きあがる粉塵が小さな雲となり、木々の梢にかかって、町の通りがくすんで見えた。

「進歩の粉塵だよ、アドリアニータ」ドン・アウグストは、アドリアナの思いを見ぬいたように言った。「粉塵はその重さの金と同じ価値がある。そのおかげでサンタクルスの住民は、食べたり、眠ったり、進歩的な生活を享受したりしているというわけだ」

ドン・アウグストはゆっくりと、結婚式の招待客の名が記されたメモに目を通していた。

「結婚式に誰を招待してあるか、君に話しておきたい」笑いながら彼は言った。「銀行に出資しているアメリカ人に出席してもらうのが、なにより大事なことなんだ」

アドリアナは驚いて彼を見つめた。「あたしが言いたかったのもそのことだわ」と彼女は言った。「農園主や銀行のサンタクルス人の役員を招待するのはわかるわ、ガブリエルやマルガリータの遠い親戚に当たるわけですからね。でもどうしてアメリカ人なのかわからないの。自分の結婚式でまで彼らを接待するなんていやだわ。両親の家で何年もやってきたんですもの、もうそれだけで十分よ」

アウグストは目を閉じてため息をつきながら、頭を椅子の背もたれにあずけた。やっと口を開くと、胸の奥底にたった今開いたばかりの穴から発したかと思われるような声で言った。「君には悪いけど、アドリアニータ」かつて聞いたことのない弱々しい震え声だった。「しかたがないんだよ。アメリカ人に出席してもらうことがとても大事なんだ。そして君を気に入ってもらうことがね。僕たちの結婚は町の噂になっている。そのせいで銀行に融資を断られるかもしれんのだ」

アドリアナはじっとしたまま、黙って彼を見つめた。

「ほんとうのことだよ、嘘だと思うかも知れないが」ドン・アウグストはさらに悲しそうにつけ加えた。「このところ会社は苦しいんだ。たとえ今、サンタクルスで誰も信用できないとしても、米国の友人は僕たちを裏切らない、それは確かだよ」

VII

結婚式の日の午後、アドリアナは準備が整っているかどうか、最終的にチェックしようと庭園に出た。どこもかしこも支度は整っていた。目のまえには、プールの後縁にそって、とくにこの日のためにしつらえたダンスフロアが広がり、そのまわりに楽隊が陣取るはずの台と、白いサテン地のクロスが掛かった、数え切れないほどのテーブルが置かれていた。彼女はプールサイドの小さなベンチに腰をおろし、水面にはっきりと映った自分の顔を眺めた。少し前屈みになって、自宅でイソルダの絵はがきを受けとった日のこと、彼女のせいで抱いてしまった偽りの希望に思いをはせた。起こったことのすべては、すでにあの日の鏡のなかに、渦巻いた髪の奥底に、予兆として映されていたのだ。

「イソルダが今日、サンタクルスの町にちょっとした贈り物をするなんて、いい考えじゃないの」水に映った自分の顔を見て笑いながら考えた。式の二週間前、コンダル銀行の共同経営者である、ミスター・ハーベイとミスター・キャンベル、それにミスター・ヤングから、喜んで式に出席するという返事がこの家に来た日のことを思いだした。ドン・アウグストはカードの封を切ると、これはアルスアガ・グループにとってよい前兆だと言って、ほっと安堵のため息をもらした。そしてアドリアナにも見せようと、朝食のテーブル越しにカードを差しだし、笑いながら言ったのだった。

「わかっただろう、我が友人たちは誠実なんだ。彼らが式に出席してくれれば、銀行との問題も解決だ」

そのすぐあとでサンタクルス人の幹部たちからも出席の返事を受けとった。この決定は、重役の夫人連が招待は断固として断わるべきだと反対してもめにもめた会合のあとで、銀行が下したものだった。ドン・アウグストがキャバレ歌手のアドリアナ・メルシエルと結婚するなんて、町の道徳的な規範に対するあからさまな挑戦だと、夫人たちは主張した。それで、多数決で決めることにしたものの、農園主と実業家の争いですでにかなりの打撃を受けている町のためを思えば、代表くらいは出席させた方がいいだろうということになったのだ。自分たちのやり方について痛くもない腹をさぐられないよう、出席者は初めから終わりまで非の打ちどころのない態度で通し、礼儀を欠いてはいけないが、あくまで距離をおいて振る舞うということで意見が一致していた。

アドリアナはプールの縁から離れて、戦闘のまえに戦場を細かく点検する将軍のように、庭園をチェックしはじめた。新郎新婦と主賓が座る特別招待客用のテーブルは天幕の下にしつらえてあり、幕につけられた青と白の縁飾りがそよ風に軽くはためいている。並べたテーブルの数を確認し、皿やグラスを数え、銀の燭台の足元で本物の森のように赤紫色の葉を繁らせている蘭の具合を点検した。ミスター・キャンベル、ミスター・ヤング、ミスター・ハーベイの席が上座の、自分のすぐそばであることも確かめた。農園主たちとその妻の席はテーブルの左側に、地元の銀行経営者たちとその妻は右側に座る手筈になっていた。チェックの結果に満足し、今度はダンスフロアまで行ってみた。そこには今夜の目玉となるはずの、愛のビーナスの宮殿があった。オーケストラ演奏が始まると同時に、主賓たちがそこまで歩いていき、そのまわりで最初のワルツを踊ることになっていた。時をわきまえないスコールのせいで、湿気をおびた微風が吹きはじめ、プールのまわりで元気を取りもどした羊歯の大株がそよいでいる。アドリアナは遅くなったのに気づき、部屋に戻って着替えることにした。

自分の部屋のドアをそっと開け、誰もいないことを確かめると、ほっとしてため息をついた。レセプション用のドレスを着るまえは、誰とも会いたくなかったからだ。灯もつけずに靴を脱いだ。天井から床まで部屋の壁を覆う六枚の鏡が、薄暗がりのなかで、服を脱いでいく彼女の身体を映しだしている。あらかじめよく考えてすべての計画をたててあったのに、息をするのが苦しくなった。化粧台から「アラバスター」色のコティの白粉を取りだして塗りはじめた。塗りおえると、内緒で町のドレスメーカーに作ってもらったペチコートの枠を腰でしっかりと締め、金属のフレームのなかで裸の脚を軽く動かしてみる。ついで、宝石で覆われた釣鐘を真似て、ビーズを一面に散りばめた、青いヒヤシンス色のサテンのドレスを着て、絵のなかでイソルダがつけているのと寸分違わない噴水の形をした派手な飾りを頭につけた。

着付けを終えると、部屋の中心まで歩いていって、天井の灯をつけ、鏡の壁に姿を映してみた。ドレスがこれまでにもまして、彼女をもうひとりの自分に似せて見せている。これでアウグストは満足するはずだった。その夜のワルツの練習をしようと思い、カセットデッキのスイッチを入れた。絨毯の上に身じろぎもせずに立って、最初の和音が部屋の冷たい空気のなかに流れでるのを聞き、笑いながら音楽の波に身をまかせた。

VIII

結婚式は絵画館の小聖堂の、中世のステンドグラスの光の下で執りおこなわれた。アドリアナは、百歳にも手が届きそうな修道士が、退屈そうな顔で埃っぽいオルガンの鍵盤から紡ぎだす、モンテベルディの「祝福されし乙女よ《ベアタ・ヴィルジネ》」の旋律にあわせて祭壇まで進んだ。ドン・アウグストはそのドレスを見てとても喜び、イソルダの絵を祭壇まで運ばせると、式が始まるまえに、絵のそばでアドリアナをゆっくりと回転させた。

「まったくなんという美しさだ、アドリアナ。君のまえでは、本物のイソルダも含めて、君以外の女性はまるで灯の消えた外灯のようだ」祭壇まで一緒に進むために彼女の手を取りながら、ドン・アウグストは言った。あくまで距離をおいて冷たくあしらおう、と思っていたにもかかわらず、アドリアナはキスをしてもらうために、ビーズや飾りのピンをチリチリいわせながら、頭を差しだした。

結婚式が終わって、聖堂の扉口で祝辞が述べられたのち、一行はすぐリムジンに乗って移動し、ドン・アウグストの家の庭園に向かった。新郎新婦は並んでダンスフロアを見渡す位置に置かれたメインテーブルまで歩いていき、決めてあったとおり、両端に向かいあって座を占めた。アドリアナはミスター・キャンベル、ミスター・ハーベイ、それにミスター・ヤングがやってくるのを見て、自分の隣の席につくように合図を送った。三人はそれに応じ、四人のあいだですぐに会話が盛りあがった。続いて地元の銀行幹部の夫人連が、邪悪な蘭の花のような様子で夫に腕をあずけてやってきた。当時のサンタクルスでは、パーティといえば農園主といい銀行の人間といい、武器を携えてくるのがふつうで、その仕立てのよい上着の下には、コブラや三二口径などが隠されていた。

銀行家の夫人たちは揃って黒のドレスに身を包んで、嫌みたらしく沈黙を守り、冷ややかな笑いを浮かべて、シャンパンを注ぎにくるボーイたちを追いかえしていたが、対照的に、農園主の夫人たちはボアや年代ものの羽根飾り、流行遅れの宝石や花などをごてごてと身につけて、シャンパンを豪快に飲み、懸命になって会話を盛りあげようとしていた。やっと全員が席に着いて、ボーイが大皿を持って給仕を始め、遠くでセサル・コンセプシオンのトロンボーンが、銀色の閃光のようにダンスフロアの隅々にまで響き渡るのが聞こえた。

しかし音楽やシャンパンをもってしても、その場にいる全員の顔に浮かんだ緊張感を取りはらうことはできなかった。農園主も銀行家も、みんながアドリアナと賑やかにしゃべっているミスター・キャンベルとミスター・ハーベイ、それにミスター・ヤングから目を離さなかった。三人のうちの誰かがアドリアナを踊りに誘えば、コンダル銀行はドン・アウグストへの融資を承諾せざるをえないと思われた。銀行の融資について最終的な決定権を持っているのは彼らだったからだ。テーブルの反対側に座っていたドン・アウグストが、結婚の乾杯をしようとしていた。

「町の皆様」と、ドン・アウグストは人のよさそうな顔でグラスをあげながら言った。「農園主の皆様、銀行の皆様、サンタクルス市民の皆様、そして友人の皆様、皆様に今宵ここにお集まりいただいたのは、私の幸運の証人となっていただきたかったからであります。わが愛する妻、私の目の光であり、わが家の星である、やさしきわが心のイソルダ、アドリアナ・アルスアガに乾杯を」

客たちは乾杯し、気のない拍手をしたあとで、皿の上で湯気をたてる美味しそうなご馳走に注意を集中させて食事をしはじめた。

「花嫁さんはとびきりの美人だね」ミスター・キャンベルがテーブルの反対側からドン・アウグストに言った。「プエルトリコ人には見えないよ、エジプトか、そうだ南フランスの出身といってもいいくらいだ」

アドリアナの笑い声が、頭上で揺れる涙のしずくの音と混じりあった。彼女は挑発するようにミスター・キャンベルの方へ身をかがめ、ロブスターのサラダに、冷たいマヨネーズをひとさじかけてやった。

「サンファンではあちこちの面白い場所で歌っておられたわけだから、サンタクルスでは退屈でしょう?」ミスター・キャンベルは思わせぶりな声で言った。アドリアナはマヨネーズで汚れた指をテーブルの中央に置かれた植物の銀色の葉で拭い、そのとおりだと答えた。銀行家の夫人たちの面前で、自分が首都で送っていた夜の生活に触れられても、なんとも思わず、むしろ喜んでいたくらいだ。

テーブルの左側では、アドリアナとミスター・キャンベルの親密さが増すにつれ、銀行家の夫人たちの沈黙が険悪な様相をおびてきた。シャンパンから立ちのぼる泡と熱気と、夫人たちの陰気なドレスから発散される闇が、蚊柱のように頭の上で渦巻き、それが夫人たちの顔を半ば滑稽に、半ば悪魔的に見せている。最悪の事態を恐れているのだ。今やミスター・ヤングまでが飢えたような目つきでアドリアナを見つめており、コンダル銀行の道徳的な規範は地に落ちようとしていた。

農園主とその夫人たちは飲みかつ大声で笑い、踊りたくてたまらずに、たちまちネクタイを緩めたり、ショールをはずしたりしはじめた。長身、痩軀のドン・アウグストは、皺にならないように燕尾服の尻尾をしっかりと膝の上で折りたたみ、テーブルの反対側でほほえみながらアドリアナに乾杯し、次々とグラスを干していた。今現在起こっていることにはまったく頓着せず、シャンパンと妻の愛想のよさ、まわりを取り巻くこの素晴らしい雰囲気が、すぐにも友人たちによい影響をおよぼして、融資は許可になるだろうと確信していた。アドリアナは表情をくずさず、椅子の上でほとんど身じろぎもせずに、遠くから夫に励ますような微笑を送った。

デザートとコーヒーが終わり、ついに新郎新婦が最初のワルツを踊るときが来たことを司会者が告げて、ドン・アウグストとアドリアナがダンスフロアに向かって進みかけたとき、ミスター・キャンベルがふたりを呼びとめた。ドン・アウグストの肩に腕をまわし、最初に踊る栄誉を自分に譲って欲しいと頼んだのだ。新郎は同意し、ミスター・キャンベルは地元の銀行家とその夫人たちの刺すような視線を無視して、手袋をはめたアドリアナの手を取り、ふたりは一緒にサロンの中央に向かった。ドン・アウグストはテーブルの自分の席に戻ったが、噂は出席者のあいだに波のように広がり、ふたりの踊りを見るために招待客全員が立ちあがった。

楽士たちはトロンボーンとトランペットの音を張りあげ、アドリアナは笑いながら音楽の波に身をまかせた。自分の無邪気な冗談の参列者への効果を先取りして楽しんでいたのだ。五回目のターンのときだった。ミスター・キャンベルのまわるスピードが心臓の鼓動より早くなり、アドリアナのつけたビーズのかたい釣鐘型のスカートが、上にあがって回転しはじめ、絹のペチコートの枠に押されてだんだん高くなって、膝、腿、さらには胸の高さまで持ちあげられた。アドリアナは笑いを止めることができなかった。頭の上の馬鹿げた涙の帽子がたてるチリチリという音がさらに激しくなった。突然、農園主とその夫人たちが歓声をあげ、踊ろうとして、恥も外聞もなくダンスフロアに殺到した。一方、銀行の幹部たちは、農園主に対してもアメリカ人の共同経営者に対しても怒り心頭に発して、彼らに向かって突進し、出席者のあいだで、ピストルが発射され、バッグが飛び交い、足の蹴りあいになって、サンタクルスでは前代未聞の大騒動が持ちあがった。そして、六回目のターンでついにアドリアナの贈り物、あの破廉恥で、信じがたい見せ物が明るみにでて、アメリカ人の共同経営者たちはその夜のうちに銀行から撤退し、夫は不本意にも破産することになったのだ。イソルダのドレスのなかで、埃にまみれた彼女の恥ずべき全裸の肉体は、愛の宮殿のビーナスと瓜ふたつだった。曲が終わると、アドリアナも笑うのをやめた。自分が泣いているのに気づき、なぜなのだろうと彼女は思った。

カンデラリオ隊長の奇妙な死

事件は、本国が聖《サン》ヨハネ《・ファン》のおとなしい子羊の血を、その手から洗い流そうとしていた数年のあいだに起こった。平然として弁解ひとつしようとせずに、本国はここへきて、サンファン・バウティスタ島の独立議案を上下両院に提出し、ほとんど満場一致で通過させたのだ。結局のところ、あえて行動にはでなかったものの、おまえたちはいつも独立したがっていたではないか、と本国代表は言った。今、ついに最大の庇護者の援助と承認のもとでそれが実現しようとしているのだと。「malgré tout y malgré lui　是が非でも、本人の意思とはかかわりなく」独立を達成するラテンアメリカ最初の国になるだろうと、本国の議員たちは笑いをかみ殺しながら言ったものだ。まったくのところ、歴史の女神はこけにされっぱなし、我々は力ずくで独立させられる最初の国になるのだ。いい加減に学んだらどうだ、と彼らはくり返し言った。ギターとバイオリンでは音色が違う、少なくとも貧困の極みにあるラテンアメリカの兄弟たちと違って、この九十年間、天国の至福を享受させてもらえたことを感謝すべきだと。おまえたちこれからは、と上院議員たちはくり返した。想像でしか知らない銅山や塩の山に戻らなければならない、サソリのようにさとうきびを刈り、結核が蔓延する危険な畑でコーヒーを摘み、タバコを収穫し、昔、原住民が観光客に見せるためによくやったように、まばゆいばかりに照明された白い大型客船の甲板のまえで、いくばくかのチップ目当てに潜ってみせなければならなくなる、と。カリブ海には、と議員たちはやんごとなき集まりの席上でくり返した、自分たちはもう興味がない。ゴルフボールが弧を描いて飛びかったあの美しい芝生、剥製になってその姿を永遠にとどめ、オフィスや郊外の邸宅の壁を飾ることになるイルカやウミガメの群が、夕暮れ時に楽しそうに騒ぎまわっていたあの魅惑的な岩場は、今や見る影もなくなって、死んだ人魚たちの歌に揺られているのだ。

　すべては我々、島の人間のせいだ、と彼らは言った。傲慢さの餌食となって、自分自身の胎盤の、からみあったへその緒で首をしめられ、ついには永遠に死産の赤ん坊のようになってしまった我々のせいだと。なぜかといえば、ほかでもない傲慢さと尊大な思いあがり、そして飽くことのない強欲さゆえに、賛成と不賛成のあいだを行ったり来たりして、世界中の顰蹙を買いながら、一方で州昇格の請願をすることを満場一致で拒み、他方では神によって選ばれた国の一員として、自分たちもこの天国に暮らす権利がある、と叫んでいたからだ。また、本国人のカリブ海リゾート使用料を毎回値あげしたり、魚や珍しい動植物が絶滅しそうだといっては、賃貸料を吊りあげたりしたのは、平等主義のはき違えだと。いくら砂糖やラム酒やコーヒーを生産し、ツナの缶詰や科学製品、電気製品を製造して、とどのつまり必然的に北へ向けて出荷するからといって、我々が北の同胞が受けとるのと同じサラリー、同じ恩恵を受けとる権利があると思い込んだのは、傲慢のなせるわざだった。

　サンファン・バウティスタ島が、すでに数年前から年間数百万ドルもの負担を本国に強いてきたのは事実だが、それでも本国は島を手離さずに黙って出費に耐えてきた。パナマ海峡に面する島の戦略的な位置を、議員たちはよく承知していた。島が本国の大西洋航路にとって、見張り役として計りしれない価値を持っていたからで、ここ数年、本国がベネズエラやメキシコ沿岸から、サンフランシスコやボルティモア、ニューヨークの港まで、騒然とする一方の海域を通って、平穏無事に石油を運搬することができたのは、獰猛な地獄の番犬のように完全武装した、聖ヨハネ《サン・ファン》の忠実な子羊のおかげだった。最近のカリブ海は、蛇やタランチュラやサソリよろしく、大陸に向かって毒を吐こうと身構える、物騒な島々の巣窟と化しているのだ。

こうした状況をまえに、議員たちはカリブ海の安全保障問題を細かく検討せざるをえなかった。その結果がパナマ海峡の真上に軌道を持つ監視衛星の打ちあげで、それ以後はこの衛星が当地域の見張り役を務めることになった。これからは、本国の石油輸送船に攻撃を仕掛ける島または国があれば、すべては直ちに核によって殲滅されることになるだろう。海峡域の守備問題がこうして解決したからには、本国にとってサンフアン・バウティスタ島はもはや必要ではない。それで議員たちは島に自由を与えることにしたのだった。

ここで語られる出来事は、与党が決定的な敗北を喫するまえ、新しい国家と新しい法律の擁護者である我々が政権を掌握するまえに起こったことだ。我々に敵対する者どもはこの体制下には自由が存在しないと言うが、連中がなにを言おうと、今や我々は独立した一国家だ。まあよくあることではないか。そもそも完璧な祖国など存在しないし、たとえばカンデラリオ隊長のようなばか正直な夢想家から国を護る必要があるというものだ。カンデラリオ・デ・ラ・バジェ隊長の死に関して、新政党の指導者である我々はなんのやましさも感じていない。デ・ラ・バジェは望みどおりに死んだのであり、我々のおかげで、結局彼は長い不名誉な人生を送るかわりに、短くも名誉ある英雄的な生を全うしたのだから。

カンデラリオ隊長の突き傷だらけの裸体は、プエンテ・デ・アグアの歩道に倒れていた。島が独立するかもしれないと発表されてから数ヶ月後の、のちにサルサ大戦争と呼ばれるサルサ・グループとロック・グループのあいだの血なまぐさい争いの、最初の衝突のさなかだった。あの悲劇的な夜が明けたとき、プエンテ・デ・アグアの歩道にはミュージシャンやダンサー、ミッション隊員などの死体が入り交じって散らばっていた。内臓が青く迷路のように絡みあいながら、まるで血に染まったどす黒いひなげし《アマポーラ》のように舗装に張りついているその有様は、首都の殺気に満ちた空気のなかで、不吉な前兆としか言いようがなかった。

　背後に裏切り行為があったのではないかと疑われたが、真相が明るみに出ることは決してなかった。陰謀を企てた者たちが勝ったのは、ロック・グループが、はじめは戦術的に見て絶対的優位に立っていたにもかかわらず、サルサ・グループがたてた鞭の音と歌声に、催眠術にでもかかったように気勢をそがれて、なんの行動もとらなかったからだ。加えて、サルサ・グループはあの夜、驚くべき戦術を披露した。ロック・グループに残忍な罠を仕掛け、彼らをコンドミニアムの壁と海のあいだに追いつめて、いやおうなしに全滅させたのだ。カンデラリオ隊長の死は、もちろんこの敗北と大いに関係がある。彼が死んでミッション大隊は指揮官不在となったからだ。隊長は戦闘の間中、つねにもっとも信頼のおけるミッション兵で自分のまわりをかためていた。それなのに、どうやってサルサ・グループが狡猾にもあの戦術的情報を仕入れたのか、それが謎だった。

　これについては、その後開かれた裁判で、とくにひとつの証言がカンデラリオの名誉を救った。ミッション大隊の中尉で、殺戮を免れたわずかな生存者のうちのひとりであるペドロ・フェルナンデスが、大勢の敵を相手に果敢に戦っているカンデラリオを見たと証言したのだ。この証言のおかげで、隊長の遺体は知事命令により、議事堂の円形広間の下に安置され、胸には名誉を讃えるいくつもの輝く勲章がかけられた。しかし首都では、党が取り仕切った一連の追悼行事はどこかうさんくさく、見えすいたでっちあげだという噂が流れていた。

カンデラリオ・デ・ラ・バジェが党によってミッション隊の指揮官に起用されたのは、たった六ヶ月まえのことで、ノースポイント士官学校を卒業してからまだ一年もたっていなかった。手に白い手袋、胸に青いサテンの斜帯、腰に汚れなきサーベル、頭上に輝く長い羽根飾りというでたちの隊長が、四年間の士官学校時代にもっとも熱中したのは、作戦計画と歴史、展望ポイントであるエメラルドグリーンの平原で行なうホルンやトロンボーンのパレード、日課のフェンシングの練習だった。二二歳になったばかりの、スペイン人大佐とイギリス人准将を曾祖父に持つ生まれながらの軍人で、金にはいっさい関心がなく、念頭にあったのは名誉と誇り、そして栄光だけだった。

カンデラリオは豊かな教養と、洗練された美的センスに恵まれた人間で、戦争についても愛についても、かくあるべきという独特な考えを持っていた。彼にとって戦争は人間のなせるもっとも英雄的な行為であり、愛はもっとも崇高な行為だったが、愛も戦争も、完璧な女性あるいは完璧な祖国があってはじめて可能となる。前者の方はまだ見つけられるかもしれないと期待していたが、後者については自分の宿命として永遠にチャンスはないだろうと考えていた。ノースポイントに入学したとき、彼にとって最高の英雄といえばシモン・ボリバルだったが、祖国の人々の内気で臆病な性質を思うと、真似をするのはあきらめざるをえなかったのだ。ボリバルも自分と同じように本国の、といっても当時の本国はスペインだったが、その最高の士官学校で学んでいる。しかし、ボリバルはベネズエラの生まれで、祖国は勇敢で力強い国だったから、解放に成功することができた。

しかし、運命によって与えられた穏やかな自分の祖国は、カンデラリオがいかに正真正銘の情熱を傾けようと、それとは正反対の貧しく小さな島国だった。

祖国の人々は気が弱いという、悲しむべき確信を彼が持つにいたった理由を、もっぱらその繊細で感じやすい性格のせいにするわけにはいかない。小さいころから、友だちや一族の人々、また教師たちが、自分たちの愛すべき、ちっぽけで取るにたらないやわな郷土が国として独立することなどありえない、と彼にたたき込んできたのだ。なぜなら、大きなもののなかではもっとも小さく、小さなもののなかではもっとも大きい彼らの優しきアンティルは、島々の珊瑚礁の、雪のように白い泡のなかに奇跡的に浮かぶ、滑稽な子山羊の糞、斑模様の鳩の卵、ヘスペリデスの伝説的な鼻くそ以外の何物でもないからだ。だからこそ彼らはくり返し言ったのだ。この島は人形の楽園であり、谷間はハンカチで、川は小川、山は丘、鉱山はまやかしにすぎない、いやそれだけではなく、島は地球でもっとも深い海溝の端で危うく揺れ動いていて、反乱が起こってほんの少し揺れるだけで、二万マイルも下の奈落の底に突き落とされることになるだろうと。

周囲の人々の分別くさい助言を受け入れるにはかなりの痛みがあった。その後、ガウティエル・ベニーテスをまえよりも熱心に読み、とりわけ好きだったあの詩、「汝のうちなるもの、すべてなまめかしく軽やかなり／優しく穏やかにして、人を喜びに誘う愛情に満てり／汝のうちなる魅力は／汝の外なる世界の、優しき思いに育てられしもの」は、自分の祖国について書かれた詩のなかで、もっとも予言に満ちたものだったと納得した。だからこそ、肌に焼けつく火薬の熱や、頭上ではためく軍旗が呼びさます幸福を知らずに、この国の人々は四百年ものあいだ、この涼やかな海のほとりで、詩編の子羊よろしくおとなしく眠りつづけていたのだ。そういうわけで、すでにイサベル二世の時代から、祖国には聖ヨハネの子羊の紋章が与えられ、青色の帯に刻印されたあの「忠実なるによって」という文句が、つねに子羊たちの華奢なひずめに巻きつけられてきたのか。そうだったのか、とカンデラリオは悲しそうにくり返した。与党は賢くも直感的に国民性を見ぬいてあの法律を作ったわけだ。士官学校から島に戻ったときは、ほんとうにびっくりしたものだった。ひとつ星の旗を持つことは国家的犯罪だといい、聖ヨハネの子羊の紋章が祖国の唯一の公用旗になっていたからだ。

　党の官僚たちは確かに正しかった。何世紀ものあいだ、戦いであげる叫び声といえば、「なんということだ」という嘆き節しか知らなかった国民が、どうやって自由を勝ちとるというのだ？　眠れぬ夜々、この問いに答えを見つけることができずに、隊長殿は苦しんだ。カンデラリオはとどのつまり、理想主義者だった。しかし、彼の理想主義には希望がなかった。彼には祖国の空までもがよそより低く、色あせて小さいように思われた。

　党がカンデラリオを隊長に任命したのは、ミッション隊員たちに、米軍の最新の軍事知識がこめられた新しいアドレナリンを注入して、志気を高めようという意図があったからだが、それを本人にはっきり説明しなかったのが間違いのもとだった。てっきり自分たちの意図を理解しているものと思いこみ、彼がしなければならないことは、首都の街から失われている秩序と平穏を取りもどすことだ、とのみ言うにとどめたのだ。

　本国の上下両院で、恐怖の独立議案がいつ通過するのか、大統領が最終的に容赦なく印を押すのかどうか、いずれもはっきりしていなかったにもかかわらず、島中いたるところに混乱と暴力が噴出しており、首都の街々を巡回する隊長殿は、日々それを目撃することになった。地元企業の人間や銀行家、商人や実業家たちが、等しくひどいパニックに陥って恐れおののき、空調の落とされた銀行の金庫に駆けつけて、箱に詰めて封印した預金証書や宝石、銀製品などを、毎日のように自家用ヨットやセスナのキャビンに運んでいくのを目にし、治安警察やときには海兵隊の警護のもとに、マグロ加工工場や精油所、缶詰工場までが、化学工業や外国電気機械メーカーなどの大企業群と同じように、突然門戸を閉ざし、社員たちが高価な機械類を解体して、港に停泊中の船まで急いで運んでいくのを目撃した。夜半のパトロール中、工場のうち捨てられた煙突やクレーン、足場などが風にあおられて、まるで幽霊が弾く巨大なオルガンのような、怪しげなうめき声をたてるのを聞いて、隊長殿は悲しくなった。

与党の議員たちはこの危機を乗り切るために、上院や地方の立法議会の議員席でどんどん過激な措置を講じていった。何が何でも本国の経済的負担を軽くしようと、また本国にやっかいな重荷をしょい込んでいると思わせないために、極端な経済政策をとったのだ。食料引換券や学校、病院、道路建設のための玉虫色の連邦政府助成金、社会保障などが青空のかなたへ消えていった。しかし、ラジオ・ロックやラジオ・レロホの電波にのる毎日の公式報道は、これらは一時的な措置にすぎないと強調していた。「みなさん、分別をなくしてはいけません」と彼らは言った。「冷静に対処しましょう。朝鮮戦争でも、サンフェリペやサンシリアコの台風でも、被害はもっとひどかったことを思い起こしてください。我々は大きな不幸に英雄的に立ち向かったではありませんか」

党が何ヶ月もまえから実行しようとしていた政策にまず必要とされていたのが、カンデラリオのような人物だった。北アメリカの大国に対して、島の住民たちは、大胆に出費を切りつめ、厳しい措置にも秩序と尊厳をもって耐えることができるのを、証明してみせなければならない。模範的な振る舞いを通して、自分たちを見捨てないように、彼らを説得しなければならないのだ。カンデラリオにはミッション隊の指揮官として、本国の人々があの恐るべき決定を撤回してくれはしないか、という期待をこめて、鉄の規律で住民たちにこの新しい秩序を教え込む義務があるはずだった。

カンデラリオはしかし間違いを犯した。上官から受けた命令をさして重要とは考えなかったのだ。彼の最大の関心事は例によって、戦争は人間のなせるもっとも英雄的な行為である、だったから、命令を受けると、新しい訓練システムにそって隊員たちを体力のみならず、知力、精神力ともに鍛えようと、全身全霊をつくしたのだ。彼の指揮下におかれたのは、ほとんどが治安警備隊や戦闘部隊など、島の最エリートというべき組織に属していた若者たちだったが、親しく接してみるとカンデラリオは唖然とするしかなかった。彼らは貧困層の出の、単に屈強な肉体に恵まれていたというだけで、悪臭ふんぷんたるスラム街から抜けだしてきた連中で、それまでに教えられたことといえば、犠牲者に粗野な暴力をふるうことだけだった。

悲惨というしかない知的、精神的な貧しさは彼らの責任ではなかったが、カンデラリオはいたく同情して、彼らの知性を拡げてやろうとした。士官学校で教えられたとおりに、それぞれのすぐれた能力を最大限に伸ばしてこそ、最良の兵士になれると考えたからだ。そういうわけであと先も考えずに、隊員たちの訓練を始めるとすぐ、自腹をきって哲学、社会学、軍事倫理学の書物一式を購入し、彼らに配って、ソクラテスやアリストテレス、プラトンの思想や、ジュリアス・シーザー、レオニダス、アレクサンダー大帝などの偉業について学ぶよう義務づけた。さらに実地訓練では、人間の反射的な防衛本能を退化させるという理由で、以後棍棒や火器をむやみに使用することを禁止し、古代ギリシャの例にならって、自分の身体を完全に支配できるよう、ボクシング、レスリング、円盤投げ、槍投げ、棒高跳びなどを毎日練習させた。

自分はついている、とカンデラリオは思った。任務についてすぐ、部隊でもっとも評判のよい中尉のひとりと親しくなれたからだ。「さあ握手だ、同志」フェルナンデス中尉と知りあいになると、彼は単刀直入に言った。浅黒い肌をして、背が高く痩身の中尉は、カンデラリオと同じように、島の西部にある町の出身だった。「ふたりで組めば、問題は間違いなく解決するさ」

ふたりともかぎりなく歴史を賛美し、人間にとって最高の美徳として、勇気と名誉を重んじた。カンデラリオは島の歴史を愛していた。米国人がやってくるまえの歴代のスペイン人総督三九五人の名前をすべて記憶し、おそらく理想化の度が過ぎたのだろう、彼らは文明をもたらし、国を建設する使命を持った正真正銘の騎士だったと考えていた。一方、ペドロはカンデラリオの教条的な世界観には与せずに、何度もスペイン人に立ち向かい、決して屈することがなかったカリブの先住民に対して、とくに賛嘆の気持ちを抱いていた。

「彼らは本物の戦士ですよ、戦術だけじゃない、彫刻の名手でもあったんです」中尉は笑いながらカンデラリオに言った。「戦となれば、口からじょうごで溶かした金を流し込んでスペイン人を殺したんですからね。肉体を鋳型にして、光り輝く彫像にしたというわけです」

カンデラリオ隊長の祖先が裕福で社会的地位もあったのに対して、フェルナンデス中尉の祖先は百五十年前には奴隷だったが、それがふたりの友好関係の妨げになることはまったくなかった。カンデラリオはドン・ウバルディノ・デ・ラ・バジェの曾孫だった。農園にあった曾祖父の屋敷は曾祖母のドニャ・ラウラが死んだ夜に謎の火災で焼けてしまったが、祖父のドン・アリスティデスが、フスティシア製糖農園をエヘンプロ製糖農園の米国人に売却し、その金で家族を危地から救ったのだ。カンデラリオは首都にあったギリシャ様式の柱廊のある美しい屋敷で生まれ、ひとり息子として大切に育てられた。医学博士だった父親のアレハンドロ・デ・ラ・バジェもカンデラリオと同様、首都で生まれたが、一族はつねにグアマニ人としての自覚を持ちつづけた。カンデラリオも、何度となくグアマニを訪れ、いつも足を踏みいれただけで生き返った気分になったものだ。

　ペドロの方はグアマニのなかでも一番凶悪なスラム街で生まれた。喧嘩に強いことと素早く拳を繰りだせることが、呼吸したり笑ったりするのと同じように不可欠とされる地域だ。古くはやくざや殺人犯、ありとあらゆる種類の密売人たちの避難所だったスラム街に、本国が最近、世界平和のためと称してかかわってきた、アジアの戦争の退役兵たちが居を構えるようになっていた。島の住民が市民権を得るために本国の軍隊に入って戦うようになってからもう一世紀がたつ。しかし今、信じられないことにその市民権が危機に瀕しているのだ。

　退役兵たちが住むようになると、遠い国で危険な任務《カルネ・デ・カニヨン》を負わされて死んでいった居住者たちに敬意を表して、ペドロが生まれたスラム街は、誇らしげにビジャ・カニョナと命名された。しかし、売春宿の儲けで気楽な暮らしをしていたもとからの住人たちは、不自由な身体になって戻り、戸口で陽にあたりながら悲しげな軍歌を歌って、まえは陽気だった街に暗い陰を落とす、増える一方の邪魔者扱いされた祖国の英雄たちに深い恨みを抱いた。そういうわけで、ビジャ・カニョナではわけのわからない銃撃戦が少なくとも日に五、六回は起こり、コンクリート製のバルコニーの陰で銃弾が補給された。

ペドロ・フェルナンデスは、ときにはバリケードの役も果たすコンクリートの立派なバルコニーで周囲をかためた（ビジャ・カニョナの家はみんなこの様式で建てられていた）、ガタがきた木造の、穴の開いたトタン屋根の家で、ベトナム戦争で勲章をもらった退役兵の息子として生まれた。カンデラリオと同じように、長い歴史を持つ軍人の家系だったが、戦闘行為に従事するようになったのは、デ・ラ・バジェ家にくらべるとずっとあとだった。伯父のモンチン・フェルナンデスはすでに片目をなくしていたのに、ポーク・チョップ・ヒルの戦いで、頑固な田舎者まるだしに裸足で見晴らしの良い棕櫚の梢に登って、半ダースほどの朝鮮人をやっつけた。さらにペドロはベトナムで兄ふたりを失っている。母親がオチュンの摂理の聖母像のまえで、怒りに満ちた告別の式を執りおこない、赤紫色の鋼鉄のような彼らの心臓を、まえもって聖水をふりかけておいた鍋で火葬にふした。

父、ファン・フェルナンデスは奇跡的に生還した。テト攻勢のとき、我が身を時限爆弾として使い、火のついた手榴弾を持って敵の塹壕に飛び込んだのだ。マルセリナ・フェルナンデスの意見では、毎月退役軍人会事務局が送ってよこす千ドルの小切手は、人間の尊厳に対する侮辱だった。以前はあんなにたくましくさっそうとしていた男が、今や無防備な肉の塊となって車いすに閉じこめられ、薄暗い家のなかを黙って移動するだけになってしまった悲劇を、これでなんとか埋めあわできるとでも思っているのだろうか。

次々と自分の家族を見舞う暴力の履歴と、ビジャ・カニョナの通りで毎日のように勃発する、追いだされた人たちと退役軍人の喧嘩騒ぎから逃れて、町のバスケットボール・チームのスター選手になるのが、子供のころからのペドロの夢だった。すぐれた素質を持っていたのは確かで、思春期に驚くほど伸びた身長のせいで、地元ではエル・ワトゥシ（アフリカの戦闘的な一種族）だのラ・ムラジャ（壁）などと呼ばれ、それに目もくらむようなスピードが加わったから、まるで翼でもあるのかと思われたほどだ。夢は実現寸前だった。優秀な学生だったから、教師たちからもかわいがられ、一八歳のときに、通っていた公立高校からロベルト・クレメンテ奨学金をもらうことができ、島のオリンピコ・バスケットチームに入団することができた。えりぬきの選手ばかりが集められたチームの一員に選ばれたペドロの快挙は、父と伯父のモンチン、従兄弟たち、そしてビジャ・カニョナの人々にとって、大きな自慢の種になった。

しかし、島が直面していた危機的な状況が、オリンピコをも災難の渦に巻き込んだ。ブロンズのタイタンことロベルト・クレメンテがパイレーツでプレーして三千ものヒットを飛ばし、ピッツバークの空を星々で飾った以上、島のバスケット・オリンピコの選手たちが、本国の国際チームに合流するのを拒否するいわれはないというのだ。そういうわけでバスケットチームへの入団を数日後に控えて、ペドロは与党から入団を祝うメッセージを受けとったが、彼らは自分たちが推薦すれば確実に本国のチームに入団できるから、そうしたらどうかと遠まわしに勧めていた。ペドロはしかし、旅行が苦手なこと、本国チームでプレーするのは気が重いことを理由に、「ビジャ・カニョナの稲妻」として、自分が住む町で有名になれればそれでよい、という選択をし、慎んでこの申し出を断った。

そこで与党がこの件に介入することになった。ある日、家を出てオリンピコのジムに向かう途中だったペドロのまえに、ミッション隊の分遣隊員たちが立ちはだかり、ペドロの両脚を砕いたあとで、ビジャ・カニョナの稲妻がなぜ走らず、そんなにおとなしいのか、練習に遅刻したからか、などとがなりたてたのだ。ペドロはそのとき、肩に銀色の帯章がついた青いスポーツウェアを着て、選手の誇りであるひとつ星のスポーツシューズをはいていた。地面からできるかぎりの憎悪をこめて彼らを睨みつけたが、痛みのあまり凍りつき、隊員たちの足蹴りを避けるために、脚を一インチ動かすことさえできなかった。ぬかるんだ道路に無防備のまま横たわるペドロを見て、彼らは仕返しの心配なしに蹴りを入れつづけた。数時間後、親戚の者が歩道で意識を失っているペドロを発見し、仰天して家に連れ帰ったが、彼はなにがあったのか、ひとこともしゃべろうとしなかった。あの徹底的な殴打攻撃を誰が指揮していたのか明かすのを拒み、とりつくしまのない沈黙のなかに閉じこもって、両親をいたく心配させた。枕元にひとつ星のスポーツシューズをぶら下げた粗末な自分のベッドに横になって、唯一興味を示したのは、独立の危機を回避するための公式キャンペーンが成果をあげている、という新聞記事を読むことだけだった。

「与党は正しかったわね」辛抱強く包帯を替え、痛ましくも厚い石膏のギプスでかためられた両脚を動かすのを手伝ってやりながら、母親は言った。「米国人たちが出ていかないように、できるかぎりのことをしなくちゃね。そのためとあれば、オリンピコを解散させて主力の選手たちを本国のチームに参加させることだって、きっぱりやればいいんだわ」

数ヶ月かかってペドロは回復したが、それ以降、島のオリンピコでも、まして本国でも、一度もプレーすることはなかった。両脚とも機能は取りもどしたものの、右脚が軽く引きずるようになったため、もはや走るのは不可能だったのだ。この不運なできごとと、一家を襲った経済的な困難ゆえに、そう長くは続けられず、たいした金にはならないスポーツの栄光を捨てて、彼は軍人の道を選ぶことにした。さらに重要なのは、こうして自分の人生の必要前提条件として、あの格言「先に殴る者が三度殴る」を頭にたたき込んだことだった。だから、隊員たちの訓練を人間的なものにして、より洗練された明快な規律を身につけさせ、役にもたたない古典的なスポーツを奨励するという、あのカンデラリオの計画に、彼はどうしても賛成できなかった。

しかし、こうした人生に対する姿勢の相違にもかかわらず、ふたりの友情は本物だった。隊長は中尉に絶大の信頼をおいており、決定を下すときはつねに相談したし、ペドロの方も忠実で、てきぱきとよく気がつく友人であり、カンデラリオの日常の些末事を一手に引き受けていた。同じように軍人の家系の出だったから、新しい上官のすぐれた点を認めて、行動を共にすることを楽しみとし、運転手役を務めたり、軍服の世話をしたり、はては荷物運びまでやって、ついには忠実な弟子が師の影を踏んでどこへでもつき従うように、つねに一緒に行動するようになっていた。

カンデラリオはペドロが運転する幌つきのジープに長身の堂々とした体軀ですっくと立ち、太綾織りのマリンブルーの軍服に星と黄金の羊の飾り章をつけて、昼も夜も首都をパトロールしてまわった。人々は独立という脅し文句に茫然自失として、混乱の極みにあった。巷には嘆きと愚痴が満ちて、陽が沈むとすぐ、みんな恐怖にかられて自分の家に閉じこもってしまうという有様。加えてこの混乱を利用しない手はないと、けちなこそ泥、すりやぽん引きなどが、それこそ暗雲のごとく町を侵略したから、隊長殿はミッション隊の先頭に立って、この災いから町を救おうと、仕事に精を出したのだ。とはいえ、個人的な信条から、それまでは慣例になっていた、逮捕した犯罪者に対する殴る蹴るの無慈悲な暴行を禁止し、逮捕者がきちんと扱われるように自ら心をくだいた。その上焼けつくような太陽の下、肩章の黄金の羊が溶ける寸前でも、車から降りてごろつきどもを叱りつけた。鎖を引きぬき、バッグをこじあけ、商店を襲ったりしたのは、すべて独立を恐れてのこととはいえ、自らの魂をあざむく行為であり、このような犯罪を犯す勇気があるのなら、それにふさわしい使い方をしなくてはならない、エナメルのつばの下に悲しげな眼差しを隠して、隊長殿はそう彼らを諭した。

しかし、結末はいつも同じだった。カンデラリオとペドロがその場を離れて幌つきのジープに乗り込むとすぐに、隊員たちはここぞとばかり逮捕者たちにげんこつの雨を浴びせ、噛みついたり、蹴りあげたりしながら、ごろつきどもを半殺しにして歩道に打ちのめす。そして、恰好ばかり気にする伊達男の指揮下で、棍棒やパイプ、警棒などの使用を禁じられ、「法律の条文は血によってのみ理解される」というあのことわざを実践するために、すねをぶつけたり、指の関節を痛めたりしなければならない運の悪さを呪いながら、獲物を持ちあげて、乱暴にトラックの荷台の奥に放り込むのだ。

また、カンデラリオはペドロの運転するジープに乗り、隊員たちを引き連れて、首都一番の高級住宅街の見まわりに出かけていくこともあった。中央山脈の噴火予告でも出たあとのような、夜から朝へかけてのその有様を、隊長殿は情けなさそうな暗い顔で眺めた。上空を飛ぶどこかの国の大臣の関心を惹くかもしれない、ちょうど当時ソネロ・マヨールが歌っていたように、アラブの「持参人払いの小切手が天から降ってくるかもしれない」という虚しい期待をこめて、朝になるとそこら中にポスターが貼られ、邸宅やプール、高級自動車が売りにだされていた。彼は友人の方にかがみ込み、ほかの者たちに聞こえないように低い声で、自分と同じ階級の人々のこのような振る舞いを恥ずかしく思っていると告白した。島はすぐにも独立するだろう、という噂が事実であろうがなかろうが、いざというときに祖国を捨てるのは、裏切りにほかならない。彼は、車を走らせている通りの舗石をまばたきもせずに眺めているペドロのあいまいな表情を、同意のしるしと受けとって、君のようなつつましい出自の人たちと一緒の方がずっといい、と打ち明けた。なぜなら、ジェファーソンが言った「商人に祖国はない」は、まさに真理だからだ。

カンデラリオはペドロを供に連れて、当時隊員たちがよく招待されていたさまざまなイベントにも出席した。彼らは祖国のために日々命を危険にさらしているエリートとして尊敬されていたから、どこでも大いに歓待され、ふたりともこの特権的な機会を利用して楽しくやっていた。当時フォルタレサやカサブランカでしょっちゅう催されていた与党のガラパーティで、ふたりの若者はちょっとした見ものだった。金髪を無造作に額に垂らした、すらりとした長身のカンデラリオと、よりがっしりしているが同じように長身の、シナモン色の身体をいつも少しまえに傾けて、右脚が引きずるのを上手に隠し、まるで戦士であった祖先たちの炎色のマントを肩に翻しているかのようなペドロ。招待客たちに、ただその筋骨たくましい肉体をえげつなく誇示するだけの、鈍くて間抜けなほかの連中とくらべて、あまりに際だっていたので、若い女性たちのあいだで評判になり、ふたりとも数え切れないほどの女性たちを陥落させたものだった。

しかしカンデラリオは、こうした色恋沙汰に楽しみを覚えるどころか鬱々としていた。ペドロにとって愛は単なる遊びであり、つかのまの楽しみで、日々街で直面している危険を思えば、当然与えられてしかるべき権利だったが、カンデラリオにとって愛情はつねにとても重要な問題だったからだ。社交界の女性たちにいくら夢中になろうと努力しても、彼にはできなかった。武芸の道を完璧に究めたあげく、全身が規律と思考でかたまってしまって、肉体との接点を決定的に見失ってしまったのか、あるいは、鉄製の簡易ベッドの上でなんとか寝つこうとしながら、完璧な女性を夢見るあまり、頭のなかで数え切れないほど描いてみたその顔が少しずつすりへり、絶え間なく行き来するまぶたの下で、その鋭い輪郭がぼやけていってしまったのか、願望が強すぎる上に、生来引っ込み思案で内気な性格だったから、恋のアバンチュールはいつも失敗に終わった。毎朝、兵舎の小さな鏡に向かって、端正なその横顔や自然にカールして波うつ金髪、たくましく均整のとれた胸郭などを確かめるのだが、夜になってひとり若い女性たちに囲まれてみると、いつも自分が要領の悪いつまらない男に見えてくる。パーティが果てるとかならず誰かを、自分の部屋に誘うが、いざとなって女性が彼を抱き、キスをしても、中身が空洞のブロンズ製の彫像を抱いているような印象しかもてない。カンデラリオの両脚のあいだで、鼠蹊部のピンク色のきのこが瞬間的に悲壮な花を咲かせ、プラトニックな痴情が果ててしまうと、彼女はベッドから離れ、髪をとかし、服を着て彼のもとを去っていき、水で調合された香水で満足するしかないその種の宴会には、二度と足を運ばなかった。ペドロの方は連れ歩くかわいい女に事欠かず、不自由な脚さえ魅力に変えてしまっているというのに、カンデラリオはだんだん女性たちの人気を失っていき、毎晩たったひとりで、さらに悪いことには、猫のような街の売春婦を連れて部屋に戻るしかないのだった。

しかしちょうどそのころ、ふたりを色恋沙汰から引き離す事件が起こった。首都でサルサ・グループが日毎にその信奉者を増やしていたのだ。国が直面していた経済的な大苦境もなんのその、首都の住人は身も心も正真正銘のサルサ熱に浮かされてしまった。ドラムやボンゴの響きが、金持ちたちが住む地区の家々や建物の屋根の上で、激しいうねりになって日夜炸裂した。彼らは脱色木綿のパンツに、炎色をしたTシャツを着て、決まって赤く染めた髪をアフロにし、至るところでコンサートをやらかした。彼らの音楽は貧乏人が住む地域の三流喫茶で流行しただけでなく、今や街一番の洗練されたバーやディスコでも聴くことができ、与党のお偉方の意に反して、ロックをほとんど駆逐してしまった。

隊長殿とペドロは、ポルボリンからフォンドエルサコ、アルトエルカブロからアルトエルセルド、またカンデラリアからフィンデルムンドの辺りを巡回しては、あの響きが熱狂的な奔流になって、日々中心街になだれ込み、それを気にして耳を傾ける銀行家や実業家の頭上に、まさにパニックの火花となって降りそそぐ有様を目撃した。「驚きが君に人生を与え、人生が君に驚きを与える」とロス・ボンゴセロス・デ・ライのメンバーたちは、タンカからテトゥアンまで、警官たちをからかいながら歌って歩き、「もうナイチンゲールが歌ってる、新しい日は近い」と、顔色ひとつ変えずにロス・コンゲロス・デ・イスマエルのメンバーたちは、ポンセ・デ・レオン通りにドラムの音をとどろかせながら歌い、クルス通りではロス・モサンビケス・デ・セリアが「君のことでは心が痛む、ほんとうに残念だ」と、炎のような色のアフロヘアを振りたてながら歌っていた。

あの音楽は醜悪だとカンデラリオは思ったが、ミュージシャンたちの勇気には感嘆せざるをえなかった。「スラム街の人間が」とあるとき彼はペドロに言った。「歌でライオンに立ち向かおうと決心した、といったところだな」そして目のまえの光景に見とれ、自分の同胞が、たとえ独立のために戦う勇気はないにしても、自分たちの音楽と歌で同じ事に挑戦するとは喜ばしいとつけ加えた。ペドロはカンデラリオと違って、サルサになんの美的偏見も持っていなかったから、音楽を大いに楽しみ、サルサの連中が音楽のおかげで生活の糧をかせぐよい方法を見つけたといって喜んでいた。事実サルサの人気は凄まじく、人の神経を不安にさせるようなその歌詞にもかかわらず、コンサートの出演料は悪くなかったのだ。サルサ・グループが売ったレコードやカセット、ビデオは膨大な数にのぼり、彼らはどこへ行ってもヒーローとして歓呼の声で迎えられた。

サルサ熱が始まったばかりのころ、カンデラリオは内密の電話を受けた。与党のお偉方がコンサートの熱狂振りを見て心配になったのだ。

「サルサ・グループには、我々の体制にとってきわめて危険な政治的テロリストが紛れ込んでおる」と、かすれた感情のない声が言った。「聴いているかね、カンデラリオ、私の言っていることがわかるだろうな？ で、誰がテロリストで誰がそうでないか区別するのが不可能な以上、ミッション隊長としての君の任務はだ、まずもって本日以降、コンサートを開催できないようにすることだ」

「つまりサルサの連中を締めあげるんだ。今すぐ隊長を首になった上に、軍からも不名誉なかたちで永久追放になりたくなければな」

カンデラリオは不愉快になって受話器を置いた。サルサの連中の奇抜な衣装の下に、政治的な反乱分子が潜んでいるとは信じられなかった。というより、たとえそれが下品で悪趣味なものだとしても（カンデラリオは、サルサを音楽とは認めていなかった）、サルサはもう大多数の住民にとって生活そのもので、今さら制限を加えるのは不当であり、実際問題としてそんなことは不可能だった。しかし、命令の遂行を拒んだ場合どうなるかと考えたとたん、同情心はうしろに追いやられてしまった。

なんといっても彼はまずデ・ラ・バジェ家の一員だった。ミッション隊から不名誉な追放処分を受ければ、自分の一族だけでなく、常日頃交際のある社交界で、最大級のスキャンダルになるだろう。それに軍人以外の生活を送るなんて考えたこともなかった。そこら辺の凡庸なエクゼクティブのひとりとして、自分たちの店や製糖所、工場などを北米の大資本に売り渡した者たちを親に持つ友人たちの多くと同じように、鉄とガラスの檻に閉じこめられ、証券取引所で株を売ったり買ったりして金もうけに専念することを考えると、ぞっとすると同時に恐怖感にかられた。

それで翌日、勇気を奮い起こして、摘発を進めるべくスラム街にいくつもの隊を派遣し、以前あれほど非難していた旧来の暴力的な方法で、隊員たちに数え切れないほどのサルサのミュージシャンを逮捕させた。党の目標は達成され、頭を割られたり、肋骨を折られたりした犯罪者どもが掘っ建て小屋に追い返されると、大西洋に突き出たサンファンの旧市街には、なおいっそうの沈黙が取りもどされた。見まわりのたびごとに隊長殿に死刑執行官としての自覚を促し、決定的な瞬間に彼を別の危険へと駆りたてたのは、この沈黙ではなかっただろうか。

カンデラリオは毎土曜日、ミッション隊員たちを引き連れて街一番のキャバレやディスコに出かけ、サルサが雑草のように息を吹き返していないかどうか確認してまわった。その夜はスサナーズだった。夜毎ミック・ジャガーやストーンズのリズムにのって、見たこともない珍しい両生類が水晶の柱をつたって降りてくるという店だ。彼は誰にも知られないように、薄暗い一番隅の席を選んで座った。ペドロは、このところのつねとして、あえてひとりで隊員たちからも上司からも離れた場所に座った。ふたりのあいだで気まずい口論が交わされてからまだ一週間とたっていなかったからだ。ついこのあいだ、ふたりの生まれ故郷であるグアマニを視察したとき、ミッション隊はビジャ・カニョナのスラムでサルサ狩りをし、大きな収穫をあげた。しかし、彼らを連れて首都へ戻る途中で、ペドロはカンデラリオに連中を解放してやってくれと頼んだのだ。その日に逮捕された人々のなかに、叔父のモンチンと従兄弟が三人含まれていたからで、それぞれトランペット、ドラムス、コンゴのプレイヤーとして最近サルサ・グループに参加したばかりだった。「貴方と同郷ですよ、隊長」カンデラリオは彼らの味方につくはずだと確信してペドロは言葉を選んだ。「彼らがグループに入ったのは独立運動のためではなく、飢え死にしないためです、それは僕が保証します」

しかし、カンデラリオは承知しなかった。そもそもサルサ・グループを懲戒処分にしなければならないことで、ひどく心を痛め、ほとんど眠れない夜が続いているのだ。ペドロの親類を特別扱いにしても、余計苦しむことになるだけだった。「気の毒だが、同志」彼は同情の印に友人の肩を叩きながら言った。「士官学校で規則の適用に例外はなし、と教わったのだよ」そして懲罰が済めばミッション隊の軍楽バンドに入れるようにしてやる、そうすれば君の親戚は、トランペットをトロンボーンに、ドラムスを軍楽太鼓に持ち替えてやっていけるだろうと約束した。ペドロは激怒し、あんなにヒューマニズムを吹聴していたくせに、それがほんの見せかけで、「ちょっとこすっただけで化けの皮がはがれた」とはまるで嘘みたいだと言いつのった。心底ペドロを評価していたので、その後数日間、カンデラリオは彼の親戚が被った痛手の埋めあわせをしようとしたが、ふたりの仲が元どおりにはなることはなかった。

カンデラリオは、トンボのコスチュームでまわりを軽やかに行き交うウェートレスのひとりに、ウイスキーのオンザロックを注文した。アン・クラインやパコ・ラバンヌのシャツを着たパンクな若者たちが、目のまえで夢中になって叫んでおり、ダンス・フロアでは、ロック・ミュージシャンのグループが、断末魔のように身をよじり、まるで留め金をはずしたM16の銃身をゆさぶるように、エレキギターを挑発的にかき鳴らしている。カンデラリオはふいにうしろから声をかけられた。

「それであなたはどちらがお好きなの、サルサ、それともロック？」

カンデラリオは振り返って暗がりに目をやり、若い女を見て好奇心をそそられた。「失礼、よく聞こえなかったのですが」ロック・グループのたてる騒音が女の言葉をかき消したのは確かだった。

しかし、質問の意味はわかっていた。

「いいえ、おわかりのはずよ。きっとロックがお好きなのね。サルサはお嫌いなんでしょ」

女は人を惑わす鈴のような声をたてててずるそうに笑い、テーブルの隣の席に滑り込んだ。カンデラリオは彼女に見惚れずにはいられなかった。若い女は赤い雲のような髪を背中まで垂らし、燃えるような色のTシャツで、ブラジャーを着けていない胸をぴったり包み込んでいた。最初はサルサ・グループのひとりかと思い、どうやってなかに入ったのか、ここまで来るのに誰かを買収でもしたのかと疑問に思った。しかし、それにしては色が白いし若すぎる。おそらく金持ちの家のただの反抗的なブルジョア娘で、あえてサルサのシンパを気取っているだけだろう。彼は自分の顔のまえに、ラッキーストライクの青い煙をスクリーンのように吐きだした。

「なんでもありですからね」カンデラリオは悲しそうに笑いながら言った。「今では教養ある連中だって野蛮《バルバリエ》な風俗に染まっているんですから」

「あたしはサルサに狂ってるの。野蛮人《バルバラ》って思われたってかまわないわ」

「サンタ・バルバラはミッション隊の聖人で、火薬の守護者ですよ。そうか僕はそれが言いたかったんだ。あなたの髪があんまり赤いから、サンタ・バルバラを連想したんです」

なぜあんなおべんちゃらを言ったのだろう。彼は自分の馬鹿さ加減に嫌悪感を覚えたが、娘はまじめな顔でカンデラリオを見つめた。彼の丁寧なもの言いに驚いているのは明らかだった。

思い切ってたばこを勧めてみたが、娘は首を振ってそれを断り、胸元から細くて白い自分のたばこを一本取りだした。

「結構よ、自分の葉っぱがいいの、詩篇の子羊のようにね」

「ねえ、隊長さん」しばらく黙ってたばこを吸ってから、彼女は首を少し傾げ、いたずらっぽく彼のピカピカの記章に指を走らせながらつけ加えた。「祖国の紋章がおとなしい子羊だなんて、軍人として恥ずかしくありません？」

カンデラリオは赤くなり、ゆっくりとウイスキーを飲みほした。

「子羊は我々の国のシンボルです。我々はずっと平和主義者でした。だから一度だって戦争などせずに、まず憲法を大切にし、法律を守ってきたのですよ」

突然おおげさな演説をぶつのが馬鹿々々しくなって、椅子から立とうとしたとき、カンデラリオは丸くて生暖かい娘のひざが、テーブルの下でなにげなく自分の太ももに触れてくるのを感じた。マリファナの香りで気分が悪くなりはじめており、外に出た方がいいだろうと思った。財布から札を一枚取りだしてグラスの横に置くと彼は言った。「行きましょう、外の方がいいでしょう」

隣のテーブルに座っている仲間の視線をかわしながら、女の腕を取って通りに連れだした。彼女には理由もなしに苛々した。ここ数日、あまりにもたくさんの人々と不快感を我慢してつきあわなければならなかったからだ。大嫌いな商人や銀行家たちを警護しろと命令する上官。ミッション隊員として義務を遂行しただけなのに、裏切りだと言って自分を非難するペドロ。とくに先日の自分の強権発動に対する彼の皮肉たっぷりの態度にはもう我慢できない。誰かに話を聞いてもらい、自分も誰か無防備な人間に権力を揮ってみたかった。通りを横切ろうとして、カンデラリオは突然、自分が娘の腕を酷く締めつけていることに気がついた。

「ご存知かどうか知らないが」腕を離してやりながら彼は言った。「この島でサルサはご法度です。店で口にしたようなことは二度と言ってはいけません、危険ですよ」

娘は腕をさすりながらびっくりして彼を眺めたが黙っていた。カンデラリオは彼女を脇に押しやって、人気のない街路のネオンの灯の下を、振り向きもせずに速足で歩きはじめた。もう一度士官学校のあのエメラルドグリーンの練兵場に戻れるものなら、なんだって投げだしただろう。彼は生まれる時代と国を、悲しくも間違えたのだと思った。自分に暴力的な感情を呼び起こすだけのその街で、なにをしていたのかと訊かれても、答えられなかったにちがいない。

雨が降りはじめていた。彼はしばらく雨に打たれて歩いていたが、やがて自分がひとりでないのに気がついた。けばけばしい色で花を刺繍した派手なショールに身を包んださっきの見知らぬ娘が、アパートの入口まであとをついてきていたのだ。つま先から頭までびっしょりになった女を見て、この冷たい雨がみじめな自分たちふたりを結びつけたかと、とりとめもなく考えた。

「ちょっと乾かしていきませんか?」彼は礼儀正しく声をかけた。「ご心配にはおよびませんよ」

娘は彼を安心させるようにほほえんだ。

「ありがとう、隊長さん。さっきのあなたの悲しそうな顔を見て心配になって、ここまでついてきたのよ」

ふたりは一緒に部屋まであがった。家具というものがまったくない、ガタガタのこれといって特徴のない壁に、バッハとシューベルトの肖像画、そして簡素な金色の額縁に収まったノースポイントの卒業証書がかけられただけの、修道院のような部屋だった。カンデラリオはテープデッキのスイッチを入れて、小さな二個のグラスにブランデーを注いだ。ハイドンの「天地創造」の最初の和音が、栄光に満ちた前奏曲で部屋の空気を震わせた。ペドロと隊員たちを残して出てきたことはまったく気にならなかったが、ロマンティックな気分でもなかったから、娘が目のまえで服を脱ぎはじめ、ついに裸で自分の簡易ベッドに横になるのを見てびっくりした。体つきはキャバレにいたときからなんとなく想像がついていたが、目のまえのことには心構えができていなかった。かすかな曙の光のようなきらめきを発する肌の上に、乳房が大きな月みたいに解け込んでいるその光景に、彼は目がくらくらした。もう長いあいだ、近づいてくるのは不幸に打ちのめされた顔の、臭い息をする売春婦ばかりだったのだ。あきらめて、というより拒否されたと感じさせないために、いやいやながら彼も服を脱ぎはじめた。弱気の虫がまた頭をもたげ、運命はまたも自分に肉体の基本的な喜びを禁ずる気かと心配だった。だが、すぐにそれが杞憂にすぎなかったことに気づく。見知らぬ女性の巧みな愛撫に、軍人としての鉄の意志が、氷でできた鎧のように溶けていくのがわかり、少しすると、自分のペニスが目のまえではじめて屹立するのを見てびっくりした。巨大に、まるで手本のように、存在の深奥から突きだしてくるその様子は神秘に包まれた軍艦の帆柱に似ていた。愛の営みを終えると、彼はぐったりして枕の上に頭を落とし、ほっとため息をついて目を閉じた。肉体がついに奈落の底から抜けだしたと彼は思った。

その後数日間、カンデラリオは何度もくり返し経験した。どうしても名前を明かさないので彼がバルバラと命名した見知らぬ女性は、毎日午後になると森の香りに包まれてやってきて、ベッドでマリファナを一本吸い、二時間、彼に至福のときを与えてくれる。それから起きあがって無造作に服を着ると、炎のような髪を挑むように肩の上で振りたてながら、笑って出ていくのだった。「あなたは塵よ、そして塵に還るのよ」彼女はいつも別れの挨拶をするまえに笑いながらそう言い、彼が天使のように強く、姿かたちも美しいと保証してくれる。しかし、バルバラが行ってしまうと、自分は堕落した裏切り者で、ほとんど死んだも同然だとしか思えなかった。あいかわらず几帳面に軍務を遂行し、隊員たちに名誉と誇りと栄光について教訓を垂れ、そのすぐあとで無防備なサルサの連中を根絶やしにするという、あの血なまぐさい任務に出かけなければならなかったから、気力はなえる一方だった。少しすると、朝早く兵舎の小さな鏡に自分を映して見ることをやめてしまった。おそらくワイルドの小説に出てくる登場人物のように、鏡に映る自分の魂の顔を見るのが怖かったのだろう。

ある日、愛を交わしたあとで、バルバラはカンデラリオに思いがけない告白をした。彼女はやはり金持ちの娘で、郊外の高級住宅地で生まれたのだという。彼と同様彼女も、祖国は自由になる運命にはなく、独立は島を混乱させ、恐ろしい破滅に導くだろうと確信していた。

「だから、あなたが血みどろになってサルサ狩りをするのは無駄だし、むしろ危険だわ」そう彼女は言うのだった。「サルサ・グループのなかにテロリストが隠れているなんて嘘よ。人々が彼らを慕うのは、まさに彼らが平和な音楽家たちだからだわ。この島の人たちのことなら、あたしだってあなたと同じくらいよく知っている。彼らは生活の糧や言葉や、あるいは旗まで奪われても、それこそおとなしい羊のように耐えるでしょうよ。でもサルサを奪われたら、ただひとつの慰めを奪われたら、そういうわけにはいかないわ」

カンデラリオはバルバラの憂慮に心をゆすぶられた。誠意のこもった話し振りは、自分を愛しているたしかな証拠だった。サルサ狩りはとんでもない政治的過ちだと彼女が力説するのはこの自分のためだ。与党だって永遠に権力の座に座りつづけるわけではない。人々はいずれ反対投票をするかもしれず、そうすれば次に権力を握る連中は、やり過ぎたと言って不当にも自分に責任を押しつけるだろう。

恋人たちのあいだでこうした会話が交わされてすぐ、首都でサルサの一大コンサートが催されるという発表があった。サルサ・グループに対して出された禁止令への反抗だった。当夜はロック・グループも参加して、両者が音楽上の死闘を演ずることになると予想された。コンサートは一晩中続けられ、首都でもっとも贅沢なコンドミニアムのテラスに、彼らの歌が猥雑な星座のように点々と染みを作るだろう。ダイオウヤシが植えられた広い敷地はラグーナに隣接し、湖面には二十階建てビルのスチール製の枠組みがきらきらと反射して、この催しにはまさにうってつけの場所であり、島中のサルサ・グループとロック・グループが集まってくると思われた。コンサートの何日かまえに、カンデラリオは上司から二度目の電話を受けたが、それは彼の神経を逆なでにするものだった。「今こそ、君が士官学校で身につけた近代的な戦略的知識の有効性を実証してみせるいい機会だ」かすれて冷淡ないつもの声が言った。「内密の情報によれば、サルサ・グループは、今度は武器を持ってコンサートに集まり、機会があり次第、ロック・グループを全滅させるつもりでいる。わかるかね、カンデラリオ? ロック・グループがミッション隊の援護射撃で先制攻撃に出て、サルサの奴らを決定的にやっつけることが絶対に必要だ」カンデラリオは声が震えないように苦労しなければならなかった。「はい、セニョール」と彼は答えた。「よくわかりました。ご指示のとおりにいたします」

しかしその夜、バルバラがまたこの件を持ちだした。「サルサ・グループがコンサートに参加できるようにしてやって」と彼女は言った。「今回は見ないふりをしてちょうだい」最初は地位を失うことを恐れて、はっきり断わったカンデラリオだったが、考えてみればそんな弱腰ではデ・ラ・バジェの名がすたる。サルサ・グループへの弾圧は不当であり、それは恥ずかしいことだった。

「いいだろう、君の言うとおりにするよ」カンデラリオはきっぱりとした口調で答えた。「おとなしすぎる、まるで首筋をつかまれた雄羊だ、なすすべもなく音楽まで取りあげられてしまった連中だ、などと将来言われなくてすむようにね」

コンサートのまえの晩に、カンデラリオはペドロに自分の決心を伝えた。サルサ・グループに共感している彼のことだから、きっと賛成してくれるだろうと思ったのだ。「喜んでくれたまえ、君」と彼は言った。「明日の夜はみんなで気持ちよくサルサを楽しめるぞ、友達や親戚が酷い目にあうこともないさ」そして中尉としての君の任務は、サルサとロックのコンサートが無事開けるように、ミッション隊に出動を控えさせることだと説明した。

翌日の攻撃に備えて、射撃場で演習中だったペドロは、軽く足を引きずりながらカンデラリオに近づき、命令をくり返してくれるように頼んだ。聞き違いかと思ったからで、コルト45の弾倉に油をさすのを中止して、じっと上司の目を見つめた。

「気づいていらっしゃるかどうか知りませんが、隊長、今私に命令なさったのはきわめて容易ならざることです。これは冗談ではありません、よくお考えください」

カンデラリオはペドロの慎重さが可笑しくて大きな笑い声をたてた。

「明日の夜はサルサ・グループに好きなだけ歌ったり演奏したりしてもらおう、ペドロ。党のお偉方は気がつかないさ。吠える犬は噛みつかないというじゃないか。プエンテ・デ・アグアのコンサートだろうがなんだろうが同じことさ、無害だよ」

ペドロは仰天して上司の顔を見つめた。「あの女に説得されたんでしょう、スサナーズのあの赤毛に？　すっかり手玉にとられていますね、わかってますよ。今のうちに警告しておきます。ほんとうにサルサ・グループの参加を許可するというんなら、いっそのこと彼らの仲間におなりなさい。調べてみましたが、あの女はシンパ気取りのお嬢さんなんかじゃない、スラムで生まれた生粋のサルサ女ですよ」

カンデラリオはペドロに迫った。金の袖章がついた上着を脱ぎすて、演習中の中尉に本気で決闘を申し込むと、前後の見境もなく砲列を横切ったので、隊員たちが数人、止めに入らなければならないほどだった。「バルバラはサルサ・グループとはなんの関係もないぞ、もう一度侮辱的なことを言ったら、貴様の顔を真っぷたつにしてやる」カンデラリオは怒り心頭に発して叫んだ。愛人の言葉を信じきっており、どれほどペドロの言うことがいい加減かはっきりさせたいとばかり、その夜任務につくときは、武器はすべて置いていくように断固として命令した。これまでにはなかったことだが、おまえたちは軍務を遂行しにいくのではなく、楽しむためにいくのだと。

数時間後、ダイオウヤシが植えられたプエンテ・デ・アグアの専用歩道を、ミュージシャンたち、ティンパニーやボンゴ、ピアノ、トランペットなどの奏者たちが大挙してやってくるのを、ミッションによる隊の隊員たちが待ちうけていた。彼らは、オーケストラ用の仮設舞台の足場に寄りかかったり、血入りのソーセージやエンパナディジャ、各種のフライなどを売る屋台の色とりどりの日除けの下に避難して、カンデラリオの目に止まらないようにポケットのなかやわきの下に隠しもった、棍棒の先やマグナムのつぶれた鼻面をなでながら、落ち着かない様子でサルサ・グループにもロック・グループにも、平等に監視の目を光らせていた。最近起きた一連の事件に懲りて、もはやカンデラリオは信用されておらず、いっさいはペドロの指揮下にあった。隊員たちは音楽の熱気とミュージシャンたちの険しい表情のなかに、はっきりと危険な兆候を嗅ぎとっていた。

堂々とした長身にエナメルのサンバイザーを目深にかぶったカンデラリオは、笑みを浮かべながら人ごみのなかを歩きまわって、だれかれとなく挨拶を交わし、危険をおかしているとは思いもせずに、サルサ・グループにも平気で顔をさらしていた。このサルサ、ロック・コンサートの開催は自分の努力の賜物であり、島の人々については、自分もまた途方もなく大きな夢を持っていることを、みんなに知ってもらいたかったのだ。しかし、しばらくまえからペドロとバルバラが見当たらなかった。まわりで荒れ狂う炎色のアフロの海に包まれて、ふたりが突然自分の側から消えてしまったような気がして、彼はなんとなく不安を覚えた。

追いかけ、動きまわり、逃げまわるまわりの人々の狂乱にうんざりして、カンデラリオはヤシの広場から少しばかり離れ、プエンテ・デ・アグアの方へ歩いていった。静かになったのでほっとして、橋の欄干に肘をつき、深く息を吸い込んで、闇に視線を漂わせていたそのとき、背後からなじみの声がして、鈴の音が短く誘惑するように鳴った。

「それで隊長はどの音楽がお好きなの、サルサ、それともロック？」

カンデラリオはほっとしてうしろを振り向いたが、そこにいたのが彼女ひとりではなかったことに驚いた。完全武装した男たちに囲まれていたのだ。そのなかにはペドロもその叔父のモンチンと従兄弟たちもいた。従兄弟たちは車椅子を押していたが、そこに座っていたのは一度見たら忘れられないような老人で、両手両足がなく、みんなと同じ炎色のTシャツを着て、胸には戦争でもらった勲章の数々をぶら下げていた。

「あたしの質問にまだ答えていないわね」バルバラはくり返し言い、ペドロの方に振り向いて、その腰に手をまわした。笑いながら、ふたりで冗談を言いあっているみたいだった。「もっとも、もう答えられるとは思えないけど」

なにが起こりつつあるのか、カンデラリオはやっと理解した。悲しそうに彼らを眺めたが、その目に非難の色はなく、一言も発しなかった。「あんたには気の毒だが」とペドロがつけ加えた。「ああ優柔不断では、俺たちはなにもできなかっただろう。あんたの島の人間が見かけよりおとなしくなかったことを知っただけでも、よかったのではないかね」

ミッション隊の隊員たちが近くに来ていたから、まだ助かる道はあった。不意打ちに危険を知らせる声をあげればよいのだ。しかし、彼はそうしなかった。暗闇のなかで短刀の位置を確かめ、それがペドロの手のなかで光っているのを見て、どの方向から一撃が来るか予想をつけると、謙虚とさえ言えるほどに深い侮蔑のこもった目で海を眺めつづけた。ほんとうにひさしぶりに、カンデラリオは弾丸に彫りこまれた兵士の魂を思い起こしていた。

「どの音楽が好きかだって？」彼は振り向きながら言った。「サルサでもロックでもないさ。僕が好きなのはクラシックだ」

訳者あとがき

「さとうきび畑の歌」というのが今日本でひそかなブームになっている。舞台は沖縄、さとうきび畑をわたる風の音に、反戦の思いをのせた静かな歌だ。『呪われた愛』の舞台もまた、緑したたるさとうきび畑である。しかし沖縄とは異なり、プエルトリコのさとうきび畑は、富と権力の象徴だった。主としてアフリカから連れてこられた黒人奴隷を使って得た利益で、農園主たちは貴族的で優雅な暮らしをしていた。ロサリオ・フェレは、いわば伝説上の楽園であるこうした大農園の実態と、彼らがたどらざるをえなかった運命をとおして、プエルトリコという国の歴史そのもの、その過去と現在を描く。本書には、つねに大国の支配下にあって、歴史の流れに翻弄されつづけるプエルトリコの姿が、凝縮されている。悲しみ、悩み、葛藤し、模索するプエルトリコである。フェレの描くプエルトリコが読者の共感を呼ぶのは、そこに一プエルトリコ人として悲しみ、悩み、葛藤し、模索する作者自身の姿がこめられているからだ。それは、文学は作者の内面から発したものでなければならない、というロサリオ・フェレの信念の結晶でもある。

本書は四つの中・短編小説からなる。時代は『呪われた愛』が二〇世紀初頭から半ばへかけて、『贈物』が一九五五年、『鏡のなかのイソルダ』が一九七二年、『カンデラリオ隊長の奇妙な死』は、作者自身の翻訳になる英語版によれば、一九九八年、つまり一九八六年の出版当時からみて未来の設定である。四つの作品は独立した別の小説であるが、それぞれどこかでつながっていて、全体としてひとつのまとまりをもつように構成されている。『呪われた愛』は郷土小説のパロディとして書いた、と作者自身が執筆メモのなかで述べているが、他の三篇も同様に誇張した描き方をされており、それが本書のというより、フェレ文学の特徴となっている。しかし、過剰とさえ感じられる誇張と風刺の陰には、現実を見る冷静でしたたかな作者の視線が隠れているのを、見逃してはならない。

四編のなかで最も重要な位置をしめているのは、最初に置かれ、本の題名にもなっている『呪われた愛』だ。プエルトリコとはそもそも何なのか、どこにそのアイデンティティがあるのか、それがこの小説のテーマだ、と作者は語っている。問題を掘り下げるために取られた手法は、複数の語り手にそれぞれの立場から、それぞれのことばで語らせるというものだった。ドン・エルメネヒルドの語る「公式バージョン」の話と、公式の場では声を持たない女たちがそれぞれの立場で語る一種の「おしゃべり」との対比は、いわば正史に対する民衆史、生活史とでもいうような関係にある。文書には残されない民衆の歴史は、伝説や民謡、その他雑多なかたちで文化のなかにその痕跡をとどめるが、そうした荒唐無稽な一見とりとめもない痕跡のなかに、時代の真実が隠されていることは、近年とみに明らかにされつつある。執筆メモにあるように、『呪われた愛』においても、「彼らが語ることはみなゴシップであり、嘘であり、言いたい放題の中傷であるが、しかもなお、すべて真実」なのである。そもそも「正しい歴史」などというものは存在しないからだ。作者からのメールによれば、この小説は黒澤明の映画「羅生門」をモデルに書いたという。映画のもとになったテキスト、芥川龍之介の『藪の中』を引きあいに出すまでもなく、事件には、それにかかわった人々の人数分の視点があり、真相がある。複数の矛盾に満ちた語りを並列することによって、なぞは深まるが、語り手各人の立場はかえって鮮明になり、複雑な社会の様相が表面に浮かびあがる。そこから何をくみ取るかは読者の自由だ。フェレは一九九五年の全米図書賞最終候補作品にもなった小説 *The house on the lagoon*（*La casa de la laguna*）においても、妻が書いた手記の随所に、それをひそかに盗み読む夫のコメントを挿入する、という形で、作品にふたつの異なった視点を導入している。いずれの作品においても、女の視線と男の視線の対立、相違が明らかにされていることに注目したい。

本書には前述のように、作者自身の翻訳による英語版 *Sweet Diamond Dust* がある。翻訳書というよりは、英語版という方があたっており、スペイン語版とは細部でかなりの異同がある。英語版はスペイン語版とくらべると多分に説明的で、スペイン語版にはないエピソードが書きこまれている部分も少なくない。北アメリカ文化とラテンアメリカ文化の発想の違い、英語も完璧にマスターしている著者の、スペイン語で書く場合と、英語で書く場合の、思考過程の違いがうかがえて興味深い。また、前記の *The house on the lagoon* および最新作 *Eccentric Neighborhoods* は、まず英語で出版され、ついでスペイン語版が出版されている。そこには英語で出版する方がより多くの人々に読んでもらえる——北アメリカ生まれのスペイン語を解さない若いプエルトリコ人に、島の歴史を知ってもらいたいと、フェレは述べている——ということのほかに、英語の方が売れるという、経済的な事情もあるようだ。プエルトリコの代表的作家として高く評価されているロサリオ・フェレについてさえ、米本国を抜きにして、その文学活動を語ることはできないのが、この島の現実なのである。根っからのプエルトリコ人であるロサリオ・フェレが、まず英語で作品を出版せざるをえない事情の陰には、この島が抱える矛盾、プエルトリコと米国の微妙な関係が隠れている。

一四九三年、コロンブスの第二次航海の際に「発見」され、四百年にわたってスペインの支配を受けたプエルトリコが、米国領となったのは、一八九八年、米西戦争の結果だった。米国の支配下に入って、スペイン統治下では一部認められていた自治権が大幅に縮小し、英語が公用語となって、島の公式名称すら英語風にポートリコと改称されるなど、状況はかえって悪化した。一九一七年にジョーンズ法の施行により島は民政に移行され、プエルトリコ人にもアメリカ市民権が与えられる。しかし、市民権といっても制限つきのものにすぎず、むしろ独立への道が遠のいて、逆に徴兵の可能性が開かれた、というのがこの法律に対する一般的な評価だ。『呪われた愛』のなかで、ドン・フリオの友人で破産した銀行家のドン・ロドバルド・ラミレスが、「力ずくで米国人にされる」と嘆くのは、この法律のことである。その後、一九三二年にプエルトリコの名称が回復し、一九四九年にはスペイン語教育が復活、一九五二年に制定されたプエルトリコ憲法によって島は自治領（自由連合州）となった。ただし、自治権は与えられたものの、外交権、軍事権は持たず、市民権はあっても、大統領選挙や上下両院選の選挙権はない、そのかわり連邦所得税は免除、という中途半端ないわば半植民地の状態である。経済的には北米資本が頼りで、失業率も高く、多くのプエルトリコ人がニューヨークやニュージャージーに移民として流出、低賃金労働の担い手となった。

現在では、米国の資金注入と税優遇政策が功を奏してひとり当たり国民総生産（GDP）は一万ドル以上となり、米本国の水準にははるかに及ばないものの、中南米のなかでは豊かな国に数えられている。政治的には、現状維持、つまり自治領にとどまることを希望する人々が半数以上だ。しかし、米国の五一番目の州への昇格を主張する人々も多く、少数派だが、米国からの分離独立を主張する人々もいる。ただ、一九四一年に海軍基地として接収されて以来、爆撃演習の場とされてきたビエケス島については、大規模な返還要求運動がまきおこって、二〇〇三年五月に返還が実現し、これをきっかけに米国への抵抗運動が広がりをみせているという。

プエルトリコでは今、二つの公用語のうち、スペイン語を優先させよう、という法案が論議されている。ただし成立はしないだろうというのが大方の観測だ。法案は自治領派が「スペイン語優先なら州昇格を妨げられる」という思惑から仕掛けたのだというが、この法案に反対する州昇格派の言い分は、「プエルトリコは米国の一部でいたくないと米国に思わせてしまう」というものだ。国を持たない国民として、強大国アメリカに翻弄されながら、しかもその庇護にたよらざるをえない、というプエルトリコ人の微妙な立場はまさに本書に描かれているとおりである。

ロサリオ・フェレは一九三八年、旧家の出であるロレンサ・ラミレス・デ・アレリャノを母に、エンジニア、実業家であり、一九六九年から七二年までプエルトリコの州知事もつとめたルイス・A・フェレ・アグアヨを父として、プエルトリコ南部の町、ポンセで生まれた。本書に描かれる旧地主階級と実業家の対立は、すでにフェレ自身が育った家のなかに顕著に存在したと推察される。

エクセントリックな性格の母とは確執が絶えず、自分は愛されていない、という思いをもちつづけ、わだかまりが解けたのは母の死の直前だったということだ。父ルイスは著名な政治家として活躍し、二〇〇三年、九九歳で天寿をまっとうした。多才な人物でマサチューセッツ工科大学を卒業後、ニューイングランド音楽院でピアノを勉強し、事業経営のかたわらピアニストとしても活動したほか、カザルス音楽祭、プエルトリコ音楽院の創設にも力を尽くした。美術にも造詣が深く、ポンセに自身のコレクションを展示する美術館を設立している。アメリカ民主主義の信奉者であり、プエルトリコの州昇格をその政治目標としていた。ロサリオは父親っ子で、父の伝記も出版しているほどであるが、政治的には米国からの独立を信条とし、州昇格を目ざす父親とは対立していた。『鏡のなかのイソルダ』のドン・アウグストには、父の面影が色濃く漂っているが、同時に覚めた目で父親を見つめる、皮肉な視線もこめられている。ただし、彼女は一九九八年、ニューヨークタイムスに投稿し、自身も州昇格を支持する旨を表明して、長年の仲間たちに衝撃を与えたという。作品に描かれた親米と反米の間で揺れ動くプエルトリコの姿は、まさに葛藤する作者自身の姿だといえるだろう。

プエルトリコでは恵まれた家庭の子女は、高等教育は米国で受けるのが一般的で、ロサリオ・フェレもカトリック系のミッションスクールを卒業後、ニューヨークのマンハッタンビル・カレッジで英文学を学んだ。一九六〇年、貿易業のベニグノ・トゥリゴ・ゴンサレスと結婚、子供を三人もうけたのち、一九七〇年に離婚。その後プエルトリコ大学でスペイン文学およびラテンアメリカ文学を学び、同大学で教鞭をとっていたメキシコ人の小説家、ホセ・アギラル・モラと結婚するが、数年後に離婚した。この間メリーランド大学で博士号を取得し、以後ワシントンに在住。文学批評、短編小説などの執筆のかたわら、米国各地の大学でラテンアメリカ文学の講座をもっている。ワシントンで知りあったプエルトリコの建築家、アグスティン・コスタ・キンタノと結婚後、プエルトリコに帰国、現在は首都サンフアンに住む。

「一九七〇年、母が死んだ。……父と意見が食い違っても、もう母は口をつぐまなくていい。永遠に口を開くことはないからだ。きちんと髪をとかし、ドレスアップしてもらった母は、顔にしわひとつなく、若いころそのままの姿でベッドに横たわっていた。突然、私はわけのわからない怒りを感じた。死んでしまったというのに、母はまだ子供のままだ。なにひとつ話すことなく死んでしまった。なんということだろう。許せない！」「母を埋葬した翌日、私は最初の本を書きはじめた。母が死ななかったら、書かなかったと思う。短編集 *Papeles de Pandora* は私の悲痛な叫びであり、自分で自分の身体を支配する権利、自分の意見を言う権利を確かなものにするための宣戦布告だった」とフェレはエッセイ Los peligros del diminutivo（*A la sombra de tu nombre*）のなかで述べている。こうして女性が、一般社会でも、まして文学の世界ではなおさら、男性と対等に扱ってもらえなかった時代に、フェレは女性作家の作品をあくまで文学として正統に評価する道を切り開いていく。

同年、フェレはプエルトリコ大学大学院に入学、客員教授のマリオ・バルガス・リョサ、アンヘル・ラマの指導を受ける。在学中、アンヘル・ラマから雑誌の出版を勧められ、一九七二年、仲間と文学雑誌 Zona de carga y descarga を創刊、自ら自分たち学生の発表の場を作った。雑誌はプエルトリコ独立を主張する反体制的な意見表明の場ともなり、一九七四年まで続いて、すぐれた作家、文学者を生みだす母体となった。「何人かは学齢期の子供をかかえていて、一度にとれるコースはひとつかふたつ。だから一緒に雑誌を出すというアイディアは私たちにぴったりだったのよ。家で書ける、つまり外に出なくてもキャリアをつめるわけですからね」と、彼女はローラ・レオンのインタヴューに答えて語っている。

その文学活動は、短編のほか、文学批評、小説、童話、詩、エッセイなど、多岐にわたっているが、作品を支えているのは、まずフェレ文学の出発点ともなったフェミニズムの視点であり、さらにその延長線上にある社会的、政治的、歴史的な問題意識である。スペインの支配下からアメリカの支配下への移行、それとほぼ平行するように起こった農業社会から工業社会への転換。没落する階級と勃興する階級間の相克。伝統的なプエルトリコ社会がかかえる貧困や差別の構造と、資本主義社会への転換によって増幅される混乱。ロサリオ・フェレは誇張とアイロニーを交えた独特の文体で、さまざまな問題が複雑にからみあうプエルトリコの歴史、過去と現在を、立体的に描きだす。それは時としてプエルトリコを描いて、プエルトリコを超え、時代を超える。*La casa de la laguna*（一九九六）のなかの次のような一節に、思わず今現在の世界を連想する二〇〇四年の読者は少なくないだろう。この場面、時代は一九三七年、背景には主として若者たちを中心とする独立運動の広がりがあった。

「私はこの土地が好きだ、アリゴイティア。君たちの島はとても豊かだ。……ルーズベルト大統領から頼まれて就任を承諾したのは正解だった。私は総督として君たちに土地をもっと大事にするようにと言いたい。現代的な技術を導入すれば、収穫量はもっとふえるだろう。個性は保持しつつ、なおかつ我々の旗の保護下にあるという状態が君たちには最適だ。そのために我々はテロと戦わねばならん。それで君に大佐のポストを与えようというんだ。君には警察を指揮してもらいたい」アリスティディス・アリゴイティアは総督の命令で不本意ながら独立派のデモ――武器は持たないと表明していたのに、武装してくるに違いないと、総督は決めつけた――に発砲し、一六人の死者を出したあげく、無防備な若者を殺したという罪で世論の非難にさらされ、当の総督からさえ責任を押しつけられて逮捕される……。

プエルトリコを語るとき、よく沖縄が比較の対象となる。地理的な位置が似ているうえに、中国に朝貢し、薩摩に征服され、明治政府によって「琉球処分」と称して日本に併合され、先の大戦時には戦場となり、戦後は米国の支配下に入って、さらにいわゆる「日本復帰」のあとも、継続して米国の主要な軍事基地であることを余儀なくされている沖縄の歴史は、プエルトリコの歴史と多くの点で重なりあう。飛躍のしすぎという非難を恐れずに言えば、第二次大戦後の日米関係と重なる部分もあるのではないか。混迷の度を深めている現代世界において、グローバリゼーションの名のもとに米国の一国支配体制が顕かとなり、それに追随する日本の体制もさらに強化されつつある今、まさにこうした体制のはざまで翻弄されつづけてきたプエルトリコを語る本書を邦訳出版することが、この時代に対するささやかな問題提起となり得れば幸いである。

ロサリオ・フェレの作品は、本書のほか長編小説として *La batalla de las vírgenes*(1993)、*The house on the lagoon*(1995)(スペイン語版 *La casa de la laguna*)、*Eccentric Neighborhoods*(1998)(スペイン語版 *Vecindarios excéntricos*)、短編集として *Papeles de Pandora*(1976)、童話として *El medio pollito*(1977)、*Los cuentos de Juan* Bobo(1981)、*La mona que le pisaron la cola*(1981)、文学論・エッセイ集として *Sitio a Eros*(1981)、*El árbol y la sombra*(1989)、*El coloquio de las perras*(1990)、*Las dos venecias*(1990)、*A la sombra de tu nombre*(2000)、詩集として *Fábulas de la garza desangrada*(1982)などがある。なお、本書は短編作家として出発したロサリオ・フェレが始めて書いた小説であり、一九九二年のフランクフルト・ブックフェスティバルにおいて文学賞を受賞している。

本書の翻訳にあたっては、*Maldito Amor*, Tercera edción Puerto Rico, Ediciones Huracan, 1994 を底本として使用、さらに初版本(1986)および英語版 *Sweet Diamond Dust*, First Plume Printing, October, 1996 を参照した。また本稿を書くにあたり、プエルトリコ史およびプエルトリコの現状については、矢下徳治「「北方の巨人」の影におおわれるプエルトリコ」(『インディアスを〈読む〉』現代企画室、一九八四)、*The Puerto Ricans*, Edited by Kal Wagenheim and Olga Jimenez de Wagenheim, Markus Wiener Publishers, Princeton and New York, 1994、アンドリュー・コックバーン「自治に揺れるプエルトリコ」(National Geographic, 3, 2003 日本版) その他

を、また作者の伝記等については以下の諸サイト他を参考にした。

http://www.epdlp.com/ferre.htm
http://sololiteratura.com/fersemblanza.htm
http://www.chicanawriter.com/content/leon.shtml
http://www-unix.oit.umass.edu/~bweber/ferre.html
http://www.wordiq.com/definition/Luis_A._Ferre

本書の邦訳はもともと、現在ワシントン在住の「グアテマラ連帯ネットワーク」活動家、新川志保子さんの企画であり、グアテマラ支援活動の本格化によって翻訳に時間を割けなくなった新川さんにかわって、私があとを引き継いだものである。本書の翻訳出版にあたっては、新川さんの全面的な協力、助力があったことをここに記して深謝する。また、原作者ロサリオ・フェレ氏からは、質問に対する丁寧な回答をいただき、語学的な疑問点については、訳者のスペイン語の師匠、新整二先生にご教示いただいた。さらに、華麗な装丁で本書をひきたててくださった本永恵子さん、本書を世に出すにあたってさまざまな助言とはげましをくださった現代企画室の唐澤秀子さん、太田昌国さん、お世話になりました。この場を借りて、みなさまに深く御礼申しあげます。

二〇〇四年七月　　松本　楚子

【訳者紹介】

松本楚子（まつもと　たかこ）

東京都出身。スペイン史専攻。現在は女性作家を中心にしたラテンアメリカ文学を研究し、その翻訳紹介に務める。
共訳書に、エレナ・ガーロ『未来の記憶』（現代企画室）。

呪われた愛

発行――二〇〇四年九月一〇日　初版第一刷　一五〇〇部
定価――二五〇〇円＋税
著者――ロサリオ・フェレ
訳者――松本楚子
装丁――本永惠子
発行者―北川フラム
発行所―現代企画室
住所――101-0064東京都千代田区猿楽町二-二-五　興新ビル302
電話=03-3293-9539　FAX=03-3293-2735
E-mail　gendai@jca.apc.org
URL　http://www.jca.apc.org/gendai/
振替――〇〇一二〇-一-一一六〇一七
印刷・製本―中央精版印刷株式会社

ISBN 4-7738-0407-6 C0097 Y2500E